八月の終わりは、きっと世界の終わりに似ている。
天沢夏月

年

月　日　曜日

年

月　日　曜日

イラスト／とろっち
デザイン／カマベヨシヒコ

八月末の空。
終末を彷彿とさせる空。
もし世界が、
こんなふうに穏やかに終わるのなら、
それもいいと思った。

八月の終わりは、きっと世界の終わりに似ている。

天沢夏月

現在1

地元はあまり好きじゃなかった。彼女のことを思い出すからだ。

大学進学と同時に上京して、さっさと地元を出たのもつらい思い出から逃げたい一心だった。特に夢も目標もなく、ただただ逃げ出したくて、わざわざ遠い東京の大学をかたっぱしから受験。最初に合格が決まった学校に迷わず入学金を入れ、安い下宿先を見繕い、後はほとんど着の身着のまま地元を飛び出した。

別に、とてつもなく地方ってわけでもない。電車に乗れば、数時間の距離。それでも俺《おれ》は、一度東京に出ると地元に帰らなかった。親からは頻繁《ひんぱん》に連絡が来て、正月くらい、お盆くらい、と何かと口実をつけては帰ってこいと言われる。言われるほどに意固地になるのは昔からだったので、それで俺はますます帰らなくなり、大学一年から二年の冬にかけて、本当に一度も帰らなかった。

小学校から高校までを腐れ縁でともに過ごした馴染みの友人・多仁《たに》幸樹《こうき》からメールが来たのは、実家から成人式の案内が転送されてきた翌日だった。

『成人式、帰ってくるだろ？　久々にみんな会いたがってるよ』

それだけだったなら、返信もせずにスルーしたかもしれない。だが、多仁らしい殊勝な文面が短く、その後に続いていた。

『葵《あおい》先輩に、線香あげてやれよ』

去年の命日に帰らなかった罪悪感——そして、まだ一度も線香をあげていないことを思い出してしまった俺は、たったそれだけの一文に大いに心を揺さぶられた。

結局年明けの一月、実に二年近くぶりに故郷の地を踏んだ。白く踏み固められた雪の絨毯《じゅうたん》は、東京で買ったローファーを拒むかのように冷たく、刺々《とげとげ》しかった。

*

形ばかりの成人式の後で同窓会があった。顔ぶれは大して変わりはしなかったが、二年ぶりに会う故郷の顔は不覚にも感慨深かった。メールをくれた多仁が幹事で、最初は忙しそうにしていたが、やがて座がくだけてくると俺のそばにやってきて、久しぶりと笑った。二年会っていないだけなのに、袴姿《はかますがた》が似合う、精悍《せいかん》な男になっていた。

「式でも会っただろ」

俺は東京であつらえたスーツ姿で、周囲の男子には袴が多かったので、洒落《しゃれ》てんなア、なんてからかわれる。

「峰北《みねきた》出たやつは、みんななんか雰囲気変わるよな」

と、丸顔の男が会話に加わってくる。須藤《すどう》だ。

「そんな、別にあっちは魔都ってほどじゃないよ」

「そうかな。成吾《せいご》、なんかやつれた感じするけど。都会の空気に削《そ》がれた感じ」

成吾、というのは俺だ。フルネームは渡《わたり》成吾という。

「それは食生活のせい。一人暮らし始めてから五キロ痩《や》せたから」

苦笑いして答える。実家の食卓が、いかに充実していたかを思い知るのは一人暮らしの性《さが》だ。

「本当にそうか？　ちゃんと飯食えてる？　おまえ、二年前にここ出てったときは、ろくに飯も喉《のど》通らなかったろ」

多仁の口調は真剣だった。この二年間、俺が思っていたよりも、心配をかけていたのかもしれない、と今さらのように罪悪感が疼《うず》いた。

「……俺、あのときそんなにひどかった？」

「今だって大概だよ。青っ白い顔して」

「そう？」

「四年経《た》ってるんだぜ。いい加減、吹っ切れないのかよ。他に女なんていくらでもいるだろ。なんなら紹介するぞ」

俺は苦笑いをして、身を乗り出してきた多仁を押しやった。

「いいんだ。ありがとう。でもまだ、そういう気分になれない」

多仁がなにかをこらえるみたいに、眉間《みけん》に力を込めた。

「まあ……なあ。綺麗《きれい》な人だったもんな。絵に描いたような美人薄命だったよな、葵先輩……」

その名前が出ると、身が強張《こわば》る。俺はズボンの右ポケットを、上からそっと押さえた。

当時俺は高校二年生だった。彼女は二つ年上だったけれど、学年は一つだけ上の、三年生だった。長い髪の毛と、雪みたいに白い肌、今にも折れそうな華奢《きゃしゃ》な手足。小柄な人で、最初会ったときは一年生かと思ったのを覚えている。おしとやかそうに見えて、無邪気な人だった。明るい人だった。

「意外だったよな。成吾があいうタイプと付き合うとは思わなかった」

「ああいうタイプ？」

「年上。しかも高嶺《たかね》の花」

「ああ……うん。俺も思わなかったよ」

手が届いたこと自体が、奇跡みたいなものだった。

「なあ、葵先輩って……」

顔を赤らめた須藤が、酒で口が滑ったみたいに訊《き》いた。

「よせよ。恋人の前だぞ」

多仁が小突いて黙らせる。俺は目だけで多仁に礼を言った。あれからもう……四年になるのか。葵透子《とうこ》という女性がこの世を去ってから。

高校二年生だった頃《ころ》、俺は透子と付き合っていた。初恋だった。思春期の芽生えというか、異性を異性として意識することが俺はけっこう遅く、中学ではまったくそういう欲求がなかったので、初めて彼女のことを好きだと認識したとき、その感情に恐れすら抱いた。中学の頃、いわゆる〝付き合っていた〟男女の、恋する気持ちを、そのとき初めて理解した。

本当に好きだった。高校二年生が何を生意気にも、と思うかもしれないが——こんなにも人を好きになることは、この先一生ないだろうとさえ思った。

「線香、あげてきたのか？」

多仁が空いたグラスにビールを注《つ》いでくれる。

「いや。明日《あした》にしようと思って。今日《きょう》行くと、辛気《しんき》臭い顔でこっち来ることになりそうだったから」

「そうか……そうだな」

気遣わせて悪かったな、と多仁は言って、自分のグラスに半分ほど残っていたビールを勢いよく呷《あお》った。

「いつまでいるんだ？」

「授業あるしすぐ帰るよ。明日は透子の家と、お墓寄ってこようと思う」

「ん。墓の方は付き合うよ。花と線香買ってく」

「……うん。悪いな」

空いたグラスにビールを注ぎ返して、俺たちは軽く乾杯した。

これが初めての酒杯じゃない。多仁と俺は、酒なんて十五のときから親のをくすねて嗜《たしな》んでいる。でも不思議と、二十歳《はたち》になってから飲むそれは、きちんと大人《おとな》の味がして、きちんと俺たちを、何かを忘れる程度には酔わせてくれる。

山間《やまあい》のこの小さな町を峰北町と名付けた先人に対し、透子はムーミン谷と呼んでいた。それから、自分のことをムーミンだと言い、俺のことをスナフキンだと言った。あの頃、別に高校卒業後に町を出ると決めていたわけではないが、透子は薄々感じていたのかもしれない。いつか町を出ていくかもしれない俺のことを、風来坊《ふうらいぼう》のスナフキンに重ねて見ていたのだとしたら、今の俺の姿はひどく皮肉だと思う。スナフキンは春にムーミン谷に戻ってくるのだ。冬は谷にはいない。

＊

小さな町だ。田舎《いなか》というより、過疎《かそ》っている。せいぜい標高一千の山の麓《ふもと》に、鉄道が敷かれ交通の要所として栄えたらしい。それが、山にトンネルが開いたおかげでどんどん寂れて、今では駅前の商店街には繁栄の面影もない。町の統廃合や少子化の影響で、自分たちの通っていた小学校が閉校になると昨日《きのう》多仁から聞いた。きっとこれからも寂れていく一方なのだろうなと他人事《ひとごと》のように思う。

透子の家へ行く前に、峰北駅に寄る。駅前に埃《ほこり》をかぶったコインロッカーが無駄に多く鎮座していて――それはもちろん東京で見るような、電子マネーで精算ができる最新のものじゃなく、アナログなディスクシリンダー錠と百円玉を入れる――しかも市民プールにあるような、あとで百円が返ってくるタイプのものだ。ほとんどのロッカーは鍵《かぎ》が錆《さ》びついたり、壊れていたりで使い物にならないが、そもそも利用者がいないので苦情も出ないらしい。高校時代には少なくとも一番、二番、七番、十三番、十五番、二十一番の六つが使用可能だった。十三日の金曜日には十三番のロッカーに生首が入っているとか、七夕《たなばた》の日に短冊を七番のロッカーに入れておくと願いが叶《かな》うとか、今思えばいかにも高校生が好みそうな噂《うわさ》があったのを思い出して少し可笑《おか》しくなる。今ではもはやロッカーとしてではなく、マナーの悪い利用者のゴミ捨て場になっているようで、扉の上にはスプレーペイントででかでかと謎《なぞ》のロゴが描かれている。

十七番ロッカーを開けると、中には埃をかぶったガムテープが鎮座していた。ロッカー内の天井にはガムテープがバッテンに貼《は》られていて、その真ん中がいびつに盛り上がっている。俺はガムテープをはがして、それを手に取る。鍵だ。二十一、という数字がかろうじて見て取れる。

二十一番ロッカーの前に移動して鍵を差し込もうとして、一瞬手が止まった。二十一番ロッカーの扉の輪郭が微妙に歪《ゆが》んでいたのだ。扉に手をかけて引くと、ギギッという嫌な音とともに扉が錆《さび》の粉を落としながら開く。どうやらこの数年の間に二十一番も壊れてしまったらしい、鍵を差し込んでも扉の鍵が回らなくなっていた。

俺は二十一番ロッカーを覗《のぞ》き込む。砂やほこり、落ち葉の吹き溜《だ》まった隅に、奇妙なものが屹立《きつりつ》している。ラムネの瓶《びん》だ。ビー玉とラムネの代わりに、中には丸められた紙きれが入っているように見える。瓶の表面にも埃がこびりついているところを見ると、どうやら長いこと置き去りにされているらしい。鍵の壊れた後、誰《だれ》かがこの場所をボトルレターの交換場所にでも使っていたのだろうか。かつての自分たちと同じようなことをしていた子たちがいたのかと思うと、微笑《ほほえ》ましく思うと同時に胸が軋《きし》む。

他に何かないかと漁《あさ》ったが、薄く積もった砂埃の他にはなにも見当たらなかった。瓶をそのままにして、俺はそっとロッカーを閉じた。

透子は一人っ子だった。母親と、祖母と一緒に暮らしていた。透子が逝《い》った一年後に、祖母も亡くなったと多仁から聞いた。一度だけ会ったことがある。透子は両親にはあまり似ていない。祖母の夏澄《かすみ》さんに似ていた。穏やかで、朗らかで、なにかあたたかく、やわらかい、春の陽《ひ》だまりのような空気に包まれた、不思議な老婦だった。

葵、と表札のある家のインターホンを鳴らすと、平屋の引き戸が開いてエプロン姿の女性が出てきた。透子さんの母・優香理《ゆかり》さんだ。会うのはおよそ四年ぶりだったが、少しやつれたなと思った。当然か。この四年の間に、家族を二人も亡くしているのだから。

「あら……あらあらあらあら」

それでも俺を認めると、ドラマで見たような反応をして微笑んでくれる。

「ご無沙汰《ぶさた》してます」

「ご無沙汰なんて難しい言葉使えるようになったのねえ」

そんなふうに茶化してくれたのは、気を遣ってくれたのかもしれない。最後に会ったとき、正直俺たちは気まずい別れ方をした。

「ちょっと痩せた？　東京の大学へ行ったって聞いて、顔見ないから心配してたのよ」

「すいません。元気です。優香理さんこそ、なんか痩せましたね」

優香理さんは笑うだけだった。

「どうぞ入って。透子も喜ぶわ」

透子と付き合っていた頃、葵家は何度か訪れていた。透子は遅刻癖があったので、何かと迎えに行くことが多く、優香理さんとはすぐ顔見知りになった。仕事で単身赴《ふ》任《にん》だという父親と、高齢で足が悪いという夏澄さんに会うことはほとんどなかった。

透子はいつでも平気で俺を自分の部屋に上げるので、俺はむしろ葵家で透子の部屋しか見たことがない。

透子の部屋へ行くとき、いつも通り過ぎていた襖《ふすま》を開けると、向こうは和室だった。畳張り特有のイグサのにおいがする。仏壇が据えられていて、二枚の遺影がこっちを見ていた。透子と、夏澄さんだった。

心臓を誰かに鷲摑《わしづか》みされ、ボロ雑巾《ぞうきん》のように絞られた気がした。透子の写真を、この二年、俺は見ないようにしていた。携帯電話のフォルダに残っていた画像は、彼女が亡くなった日に全部消してしまった。写真として残っているものは、全部実家の押し入れの奥だ。頭の中のアルバムは、無理矢理記憶の泉の奥底に沈めた。

それでもふとしたときに思い出してしまう、彼女の髪の毛から漂う石鹼《せっけん》のいい香り、ちょっとした仕草、触れた肌の感触——写真を見た瞬間、それらがぐわっと記憶の底から、栓《せん》をひねった炭酸のように噴き出してきて、俺は眩暈《めまい》を覚えた。

「成吾くん？　大丈夫《だいじょうぶ》？」

優香理さんの声。

「だい、じょぶ、です。すみません……」

線香を一本取った。香炉からは少し煙が立っていて、俺は気持ちを落ち着かせるように、そのにおいを吸い込んだ。右ポケットに一瞬手を突っ込んで、すぐに出す。

「すみません、俺、あんまり線香のあげ方とかわかんなくて……」

振り返って詫《わ》びると、優香理さんは淡く微笑んだ。

「いいのよ。成吾くんがきてくれたってこと、あっちに知らせるだけだと思って。きっと透子喜ぶわ」

「でも、仏様に失礼かも……」

「大事なのは気持ちだから。そのくらい察してくれるわ、仏様は器が広いから」

昔から、優香理さんはこういう人だった。あまり縛られず、おおらかで、そういうところは透子によく似ていた。確かにこの人の娘だったんだな、と思わされた。

線香に一本火をつけて、手で仰いで消し、香炉に立てる。独特の香りは、どことなく夏の気配がする。手を合わせて一礼すると、目の下がぐるぐるっとなるのを感じ、俺は慌てて歯を食いしばってぎゅっと目を閉じた。


「成吾くん、あれから一度も来なかったから」

優香理さんが引き戸を開けると、また記憶の泉がぽこぽこと泡立った。透子の部屋は、以前と変わらずそこにあった。

「透子の部屋、見ていって。そのままにしてあるのよ。あの子のことだから、きっと色々意味があるんだろうなって思うと、私たちにはどれ触っていいやらわかんなくて……成吾くんならわかるのかしら」

「いや……どうでしょうか」

透子は大概片付けが苦手だった。意味なんてないような気もするし、あるいは彼女にとっては意味があったのかもしれない。

「気になるものがあったら、自由に持っていって頂戴《ちょうだい》ね。きっとあの子もその方が喜ぶと思うから……」

部屋に踏み込むと、埃が立った。優香理さんはそのままにしてあると言ったが、正確にはそのままにしかできなかったのだろう。透子の生きていた頃が保存されている部屋は、けれど時間が死んでいて、空気が淀《よど》んでいて、濃密に死の気配も漂っている。まるで異空間のようだ。

一歩一歩、重たい空気を身で切り裂くようにして進むと、封じ込めていた記憶がぽつぽつと、泡沫《うたかた》のように浮かび上がってくる。本棚の少女漫画とSF小説……透子は乙女《おとめ》でロマンチストだった。机の上は整然としている。写真立てには埃が積もっていて、もはやなんの写真が入っているのかもわからない。何年も誰も寝ていないであろうベッド……あの上で二度目のキスをした。

吐き気がして、とっさに口を押さえた。少し戻した感じがして、口の中に酸っぱい味が広がった。優香理さんに悟られないように、せき込んだフリをしたとき、床に放り出された一枚のノートが目に入った。

Ｂ５サイズの大学ノートだった。屈《かが》み込んで拾い上げ、埃にまみれた表紙を拭《ぬぐ》った俺は、そのタイトルを見て目を見張った。

『交換ノート』

その瞬間、それまでぼこぼこ泡立っていた記憶の炭酸が、堰《せき》を切ったように溢《あふ》れ出した――。

過去1

彼女と初めて出会ったのは学校の図書室だった。

初夏の頃だったので、彼女は学校指定のブラウスに紺色のスカートという夏服姿で、短い袖《そで》や裾《すそ》から伸びる手足が図書室の照明の下でぼーっと白く浮かんで見えた。一瞬幽霊かと思って二度見すると、ひどく小柄な女の子が高いところの棚から本を取ろうと精一杯背伸びしているのだった。つま先立ちした上履きの先端がぷるぷる震えているのを見ると危なっかしくて見ていられず——一年生かと思い、高校二年だった俺は自然にタメ語で声をかけた。

「取ろうか？」

振り向いた彼女の目が不審者でも見るようにすぼめられ、微妙に怯《ひる》んだ俺は慌てて本を指差した。

「それ。よかったら取るよ」

「あ、違うの。ごめんなさい」

今度は彼女が慌てたように言って、頭を下げた。長い——というか、長すぎる黒髪がするするっとしなだれ落ちる。滝のようだと思った。

「あ、そう。なんかごめん、こっちこそ……」

余計なお世話を焼いてしまった俺の声は自然と尻《しり》すぼみになり、そのまま踵《きびす》を返そうとする。

「あ、待って待って。そうじゃなくて」

慌てたような声。

「え？」

「えっと。今謝ったのは、私のリアクションについてで……」

わけがわからなくて、俺は目を白黒させた。

「リアクション？」

「人相悪かったでしょ。目、ほそーくしてたから」

「……ああ、そっち！」

思わず笑ってしまう。確かに、不審者でも見るような目だった。その目つきに対し、俺が怯んでしまったから、謝ってくれたらしい。

「私、目、悪くて。これくらいの距離だと背丈しかわかんないから。でも声でビビられたな、ってわかって。だから、ごめんなさい」

「いや、いいよ。こっちこそ急に声かけてごめん。びっくりしたよな」

「ううん、ありがとう。取ってくれる？　そこの左から三冊目……」

「三冊目……っと」

俺は腕をひょいと伸ばして彼女のお目当ての本を抜き出した。真っ赤《まっか》な表紙を見ると『大学入試シリーズ　××大学　○○学部』。どう見ても赤本で、そこで俺ははたと思い至る。思えば、彼女はずっと俺に対してタメ語を使っていた。

「あの……ごめんなさい。もしかして三年生でした？　俺、二年なんですけど。めっちゃタメ語きいちゃって今さらって感じですけど……」

彼女は目を真ん丸にして、それからその清廉《せいれん》な雰囲気には似合わない仕草で吹き出した。

「三年です、って言ったらどうするの？」

その可笑しそうな態度で怒っていないのはわかったが、こっちは冷や汗ものだ。本当に先輩だった。

「えーっと……あの」

歯切れの悪い俺に彼女はからからと笑った。

「いや、いいよ全然。私も、君のことタメかと思っちゃったし。あっ、老《ふ》けてるって意味じゃないからね。眼鏡《めがね》かけてたら年下だなってわかったと思うんだけど、声と背丈だけだと、なんかしっかりした印象だったから」

それはそれで恐縮だ。

「いやいや、年下でした。けど、ほんと全然先輩に見えなかった……」

彼女は微笑んで、自分の頭のてっぺんに手をかざしてみせる。

「身長百五十センチジャスト！」

「ちっさ」

思わず唸《うな》った。

「そりゃ届かないですね……」

「でしょ。しかも欲しい本に限って高いところにあるというね。進路室からきた本は、三年生しか触らないから、高いとこに置いちゃってるみたいなんだよね」

悔しそうに棚の上の方を睨《にら》む横顔が可笑しくて笑う。

「君くらい背丈があれば苦労しないんだけどね。何センチ？」

「百七十……一？」

春に測ってもらったとき、確かそれくらいだったハズだ。

「でかっ」

「平均くらいですよ」

「私から見たら巨人だ」

おどけたコメントと共に、彼女はやはりからからと笑った。

透子、と書いてトウコと読むのだと教えてくれた。苗字《みょうじ》は葵。綺麗な名前ですねと言ったら、少し照れたように髪の毛をくるくると指に絡ませる。

図書室のすぐ外には自販機が並んでいるが、購買のそれに比べるとラインナップが微妙、ともっぱらの評判だった。外観から言って古い。元々は鮮烈だったであろう赤が色あせて、あずき色のようになっている。ただ、置かれている場所がいい。屋外で風通しがよく、夏場にはいい日陰にもなるので、この季節の休み時間や放課後は涼を求めて生徒がチラホラやってくる。プールサイドのお古だというくすんだブルーのベンチが三つ置いてあって、俺はその一つに腰掛けた。葵先輩は自販機の前で難しい顔をしてから、ポケットから直接取り出した硬貨を数枚押し込み、

「なに飲む？」

と訊いた。

「えっ。いいですよ、気遣わなくて」

「いいよ。本取ってくれたから。これはそのお礼」

「いや、そんなことで……」

「それ、背の高い人の言い分。私にとっては十分オオゴトだし。どれだけ助かったか、わかってないでしょ」

「それはそうかもしれないけど……俺の価値観で言ったら、本当に大したことないっていうか」

「私の価値観では、ジュース一杯も大したことないの。だからこれでおあいこ」

葵先輩の方が一枚上手《うわて》のようだ。

なんでもいいです、と言うと、じゃあ、と葵先輩はボタンを押し込み、ガタンゴトンと吐き出されてきた白っぽい缶を「これはね、通称〝偽ラムネ〟」などと言いながら渡してくれる。「強炭酸」と書かれているのが気になるが、原材料を眺めると、なんの変哲もない、砂糖水に香料と炭酸ガスを入れただけの清涼飲料水に見える。サイダーとラムネ、確か中身は同じだったはずだ。

先輩は同じものをもう一つ買って、隣にチョコンと腰掛ける。プルタブを起こして一口含み「夏の味がする」と言う。彼女が缶を呷るとき、細い首筋が露わになって、その白さに思わず目が惹《ひ》きつけられる。一筋の汗が滴って、キラキラと綺麗だった。

いる。

「……ひっく」

炭酸のせいか、葵先輩がシャックリをした。見ると、なんだかマズそうな顔をしている。

「好きで買ったんじゃないんですか？」

「嫌いじゃないよ。炭酸は夏っぽくて好き。でも――」

葵先輩はもう一口偽ラムネを口に含み、今度は二回シャックリした。

「――これ、ちょっと炭酸強すぎるんだよね。本当はラムネが好きなの。でもお祭り行かないし」

「今の時期なら、スーパーにあるんじゃないですか？」

「いやっ。スーパーで買ったラムネなんてラムネじゃない。お祭りの雰囲気で飲むのがいいんだよ」

「今お祭りじゃないですけど、これはいいんですか？」

缶を振ってみせると、葵先輩は大真面目《おおまじめ》にうなずいた。

「これは偽物だから、お祭りじゃないときに飲んでもいいの。味はちゃんとラムネに近いよ？」

「ラムネ」ってついてるくらいだしな、と思いつつ俺もプルタブを起こした。ぷしゅっ、と威勢のいい音がする。一口飲んでみると、確かにラムネの味がするけれど、その後は炭酸の泡が波濤《はとう》となってすべて洗い流していく感じだった。

「ピリピリする」

舌を出して、葵先輩は呻《うめ》いた。

「ラムネが飲みたいなあ」

「お祭り行けばいいじゃないですか」

「ところがお祭りは嫌いなの」

と、葵先輩が大真面目に言う。

「人が多くて。疲れちゃう。ラムネのためだけには行けない」

「他にも色々あるじゃないですか。焼きそばとか、リンゴ飴《あめ》とか、かき氷とか」

「食べ物ばっかり。それじゃ私がただの食いしん坊みたい」

葵先輩は笑って、

「ねえ、偽ラムネの裏ワザ教えてあげよっか」

と言った。

彼女は缶を右手からぶら下げるようにして持ち、少し身を乗り出していた。そっちに顔を向けるだけで、瞳《ひとみ》がよく見えた。木漏《こも》れ日《び》を反射してキラキラと泡立つ、ラムネのビー玉みたいな瞳。少し湿った桜色の唇と、滑《なめ》らかな顎《あご》のライン、細い首筋から胸のふくらみ、ほっそりとした腰のあたりまで視線を下げかけて、はっと顔を上げる。葵先輩が缶をかざしながら、可笑しそうに首を傾《かし》げていた。俺がやっとのことでうなずくと、缶を少し振って、自身と俺の耳の中間にかざした。

シュワシュワシュワ、と缶の中で炭酸が泡立っている音に二人で耳を澄ませる。炭酸が強いせいか、あるいは缶の構造的に響くのか、他の炭酸飲料よりもよく聞こえる気がした。

「潮騒《しおさい》に似てない？　ほら、貝殻《かいがら》を耳に当てると聞こえるやつ。私、海行ったことないんだよね。だからこうやってたまに疑似体験するの」

葵先輩はしばらく缶を振り続け、やがて炭酸が抜けてしまったのか、静かになった缶を寂しそうにもう一度振った。

「炭酸抜けたら、ラムネにならないかなっていつも思う」

消えていく泡沫の音に被《かぶ》せるように、葵先輩がつぶやいた。

「でも炭酸が抜けちゃうと、これすごく甘いんだ」

それに、夏っぽくなくなるよね、と付け加える。俺の缶も振ってみると、こっちは元気よく泡立っていて、まだきちんと強炭酸のようだった。

「海、行けばいいじゃないですか」

　俺は言った。

「だめだよ」

　葵先輩は髪をなびかせながら勢いよく立ち上がった。鼻先をふわっと掠《かす》めたやわらかい毛先は、石鹸のいいにおいがした。

「私、海に入ったら死んでしまうの」

「え？　泳げないんですか？」

「悪かったね、泳げなくて」

「いや……でもいいじゃないですか。別に海入らなくたって、見てるだけでも」

「嫌だよ。見てるだけなんて」

　葵先輩はつぶやくように言った。

「嫌だよ」

　それからすっかり炭酸の抜け切った偽ラムネを一気飲みして、あまっ、と呻いていた。

　少し変わった人ではあった。振ったら消えてしまう炭酸のような儚《はかな》さと、それでも必死に泡立とうとするエネルギッシュさが、共存しているような――でも不思議と、話していると時間が過ぎるのを忘れる人だった。

言葉の一つ一つ、仕草の一つ一つ、ちょっとした表情の変化や、笑い声や、髪の毛から香る石鹸のにおい……思い出すと、心臓が変な感じに脈打って、ねじれたみたいに息が苦しくなる。まるで肺の中に、炭酸でも入っているみたいに。

ラムネ。

甘い、炭酸の抜けた偽ラムネ。

家に帰って冷蔵庫を開けたら、三本の矢印がついた1・5リットルペットボトルのサイダーが入っていた。油性マジックででかでかと「マキの」と書かれている。姉貴の私物印だ。俺は半分ほど減っているそれを、ふたを開けて、少し振ってみる。透明なペットボトル越しに泡がぽつぽつと昇っていくのが見える。耳を澄ますと、冷蔵庫の駆動音に混じってシュワシュワと泡の音がするけれど、潮騒には聞こえなかった。どこまでいってもそれは所詮《しょせん》炭酸の抜ける音に過ぎず、やっぱり葵先輩が振ってみせた偽ラムネが特別だったらしかった。

コップに一杯分だけ、微妙に炭酸の抜けたサイダーを拝借して、部屋に戻った。結局炭酸を抜いたのも、一杯くすねたのも後で姉貴にバレて、こっぴどく叱《しか》られた。

それから図書室で、ちょくちょく葵先輩を見かけるようになった。俺は特に読書家ではなかったが、それでも結構な頻度で見かけたので、葵先輩の方が足繁く図書室に通っているのだろう。受験生だし、勉強のために来ているようだったので、声はかけづらく、目が合えば会釈くらいはしたが、会話には至らなかった。

なんだか少しもどかしく感じている自分に気がついたのは、いつの頃からだっただろう。

＊

峰北高校は町内唯一の高校だ。近隣にあまり高校がないので、周辺の中学卒業生が集まって生徒数はそれなりになる。一クラス三十人強、クラスは六つ。学力はそこそこ、部活もそこそこ。校風はやや荒っぽいけれど、別に誰かが派手に問題を起こすほどじゃない。

二年の教室は二階にある。窓際に座っている俺のところからは、校庭で体育の授業を受けているクラスがよく見えた。木曜日四限の体育は、三年生だ。女子がサッカーをしていて、誰か一人見学がいるなと思ったら葵先輩だった。

長い、黒い髪の毛。一年生かと見紛《みまご》う小柄な体躯《たいく》。今日は眼鏡をかけていて、髪の毛をポニーテールにしているので少し印象が違う。風邪《かぜ》か何かだろうか、律儀《りちぎ》に体育着に着替えて体育座りをしていたが、視線はキョロキョロして、お尻の据わりが悪いのかしょっちゅう身じろぎしている。葵先輩のあの性格からして、体を動かすことは好きそうだ。見学はさぞかしフラストレーションが溜まるだろうな……とほくそ笑んでいたら、どこ見てんだスケベと数学教師に頭を叩《たた》かれて授業に引き戻される。

それから木曜日四限になるたび、校庭を気にするようになった。すぐ梅雨《つゆ》に入ってしまったので雨の日も多かったが、晴れの日だって葵先輩は頻繁に見学していたので、結局のところ体育の授業を受けていたとは言い難い。稀《まれ》に出ているときもあるが、サッカーならキーパー、ソフトボールなら外野という感じでほとんど動かないところにいた。体が弱いようには見えなかったが、喘息《ぜんそく》持ちだったりするのだろうか。そういうときの先輩は、やっぱりどこか居心地《いごこち》が悪そうで、あの独特のエネルギーを持て余している感じがする。

葵先輩は、不思議といつも一人だった。友だちが多そうな性格に見えたが、校内で見かける彼女は——購買でメロンパンを買っているとき、体育の授業から戻ってくるときや、下駄箱で靴を履き替えるとき——誰かと談笑しているのが自然な場面で、ぽつんと一人でいる。そういうとき、俺は話しかけていいのかわからず、口の中できっかけの言葉を転がしているうちに先輩は行ってしまう。

こんなとき、多仁ならきっと深く考えずに声をかけるのだろう。

「何話すかシミュレーションしてるうちはダメだって。会話はリズムなんだから」

以前そんなことを言っていたが、自然にそれができたら苦労はない。

「無意味なこと話すの、嫌いなんだよ」

「知ってる。けど雑談ってさ、大概無意味なこと話すから雑談って言うんだぜ」

かもしれない。だけどあのとき、葵先輩とかわした言葉は、雑談と呼ぶにはあまりに美しくて、だから俺は余計に彼女に話しかけられない。

せめてメールなら、いけそうな気がした。こんなことなら、こないだ話したときにメールアドレスくらい聞いておくのだった。高校に入ってから買ってもらった携帯電話のアドレス帳には、家族と、腐れ縁の多仁と、須藤と、仲のいいクラスメイトくらいしか入っていない。最大五百人登録できるアドレス帳の登録人数は二桁《ふたけた》で、十の位は一だ。その数字を眺めるたび、無駄にしている容量に、ディスプレイ越しに睨まれている感じがする。葵先輩のアドレスを手に入れれば、少なくとも十の位が一つ繰り上がったのに。

六月下旬には、俺の方が足繁く図書室に通うようになっていたが、そうなると不思議と、今度は葵先輩に出くわさないのだった。図書室の棚と棚の間を通り過ぎるとき、背伸びする小柄な三年生がいないかと確かめては軽く落胆する日々を繰り返す。何かきっかけが欲しかった。あのときのように、自然に声をかけられるきっかけが。

一学期も終わろうかという七月のこと。棚と棚の間にぼーっと白く浮かぶ幽霊みたいな女の子の姿を久しぶりに見つけて、考える前に言葉が飛び出していた。

「葵先輩？」

語尾は、つい疑問形になった。振り向いた顔が一瞬驚いた後、ぱっとほころんで、俺の心臓も小さく跳ねた。今日は眼鏡だったので、きちんと見えたようだ。

「身長百七十一センチ」

俺を指差して、そんなことを言った。

「残念ながら、あれから一センチ伸びましたよ」

こないだ測ったら、百七十二センチになっていた。

「でかっ」

いつかと同じ反応をして、葵先輩はやっぱりからからと笑う。

「っていうか、よく覚えてたね。私の名前」

「そりゃ、覚えますよ。あれだけ印象的なやりとりすれば」

炭酸飲料の缶を振って、中で強炭酸が泡立つその反響音を、潮騒に例える感性――そんな女の子、少なくとも俺のクラスにはいない。

「ああ、あれね」

葵先輩も覚えていてくれたらしい。それだけでやっぱり、あの会話は〝雑談〟ではなかったのだと思った。

外は暑かったが、例の自販機周りは日陰で涼しくなっていた。缶ジュースを買って、ブルーのベンチに並んで座る。葵先輩はやっぱり偽ラムネを選んでいた。俺は青いラベルの、いわゆるスポーツ飲料水を買った。これも夏っぽくて、彼女の趣味っぽいと思う。

「そういうの、飲むんだね」

だが、葵先輩は意外そうな顔をしていた。

「え、なんかマズイですか？」

「あ、ううん。ただ、スポーツ飲料水って、運動する人が飲むものだと思ってたから」

「お風呂《ふろ》上がりとかの水分補給とかにも推奨されてませんでしたっけ」

そんなテレビCMが、あった気がする。

「あったね」

葵先輩はうなずいた。

「でもほら、ここは学校でしょ？」

「はい」

「ってことは、お風呂上がりっていうシチュエーションは想定されてない。やっぱり、運動部の子たちのために自販機のラインナップに入れてあるんじゃない？」

「まあ……そうでしょうね」

葵先輩はグラウンドの方を見ていた。ここからだと、図書室の建物がちょうど邪魔になって、端っこしか見えない。それでも放課後の校庭からは、野球部らしき掛け声が響いてくる。

「たとえばの話だけど……私が買ったせいで、誰か一人、運動部の人が買えなくなったらって考える。別に迅速《じんそく》な水分補給が必要でもないのに、私なんかが買っていいのかなって……」

その発想はなかった。早くも汗をかき始めた、鮮やかなアルミ缶の青色が、急に色《いろ》褪《あ》せた気がした。

「あ、ごめん。変なこと言ったね。なんか厭味《いやみ》みたい」

「いえ……間違ってないと思います」

「私は特に運動しない人だから、そういうこと思っちゃうんだと思う。ごめん、気にしないで」

　缶入り三百五十ミリリットルのスポーツ飲料水。普通に考えれば、この一本に葵先輩が言うほどの重大な価値がないことくらい、わかる。そもそも、校庭からなら図書室の自販機より購買の自販機の方が近い。購買まで行けばペットボトル入りのものだってある。

　それでもそういう考え方をする彼女の前で、深く考えずスポーツ飲料水を買ってしまった自分が恥ずかしかった。

「そういえば先輩、なんで体育の授業しょっちゅう見学してるんですか？」

　話題を変えるように訊《たず》ねた。運動しない人、で思い出したというのもある。

「えっ、えっ、なんで知ってるの」

「見えるんですよ。俺今、窓際の席だから」

「……覗き魔」

葵先輩はむくれて、缶を乱暴に振った。ジュワッ、ジュワッと炭酸が暴れている。

「喘息持ちなんですか？」

「まあ……そんな感じ」

「いつもキーパーとか、外野ばっかりやってますよね」

「もう、どんだけ見てるんだよ！　監視反対！」

「監視って……」

俺は苦笑いしたが、先輩はまだ唇を尖《とが》らせて缶を振っていた。

「周りが大げさなんだよ。別にちょっと運動するくらいなんともないのにさ」

「いや、よくないですよ」

「よくなくない」

「よくなくなくないです」

「よくなくなくなくない」

なくなくなく……のリズムに合わせて缶の中身が飛び散り、七月の日差しに焼きついたコンクリートの上に落ちた。少し泡立って、すぐに乾いていく。先輩はぐいっと缶を呷り、すぐに気持ち悪そうになって、ゲップを呑《の》み込んだような顔をする。

「もうすぐ夏休みだね」

遠くを見ながら、そんなことを言った。今度はこっちが話題を変えられたのだと思った。

「そうですね」

「どっか行くの？」

「いやー……先輩は？」

「受験生だよ、私」

「そうでしたね」

「冷房の効いた部屋で、参考書とランデブーだよ」

「彼氏いないんですか？」

「いるように見える？」

見えた。綺麗で人好きのしそうな、明るい葵先輩と話したときは。

でも今は見えない。いつも一人でいる、孤独な葵先輩を見た後では。

「……葵先輩」

「ん？」

俺は意を決して、先輩の顔を見た。

「アドレス、交換してくれませんか」

俺がポケットから携帯電話を取り出すと、葵先輩は眉《まゆ》を八の字にした。その表情で、
俺は自分の心臓がストン、と変なところに落ちたような気分になった。

「ごめん。私、携帯電話持っ……ひっく」

絶妙なタイミングでしゃっくりが出た。

「えっと、すみません……なんて？」

「……ケータイ、持ってないの」

先輩は少し顔を赤らめていた。変なところに落ちた心臓が、少し元の場所に戻った。

「ケータイ、持ってないんですか」

「うん。ごめん」

「あ、いや、責めてるわけじゃないんですけど……珍しいと思って」

「うん。親が持たせてくれなくて。ごめんね」

「いえ……そうですか。なんかすいません、こっちこそ」

微妙な間が流れた。日陰でも汗はかく。額から滴り落ちた一滴が、足の間に落ちる
のを俺はぼんやり眺めていた。遠くでしていたはずの、野球部の声がいつのまにか聞
こえない。

「あ、そうだ。じゃあ、こうしよう」

葵先輩がポンと手を叩いたので、俺は弾《はじ》かれたように顔を上げた。

先輩はビー玉みたいな丸い瞳に、子供っぽい光をキラキラと灯《とも》していた。

「交換ノート、やろう」

現在2

透子の部屋のカーテンを開けると、外は真っ白だった。一昨日《おととい》くらいに降った雪が分厚く積もって、今日は晴れた空から降ってきた日差しがその上でキラキラと踊っている。陽光が差し込むと、部屋の中の埃に反射して、こちらはまるで霧でも吹いたみたいだった。どこに座っても埃を舞い上げそうだったので、俺は立ったまま、古びた大学ノートをゆっくりと開いた。

せいぜい四年前のものだ。そんなに傷んでいないはずだったが、四隅が少し黄ばんだ表紙を開こうとすると、パリパリと音がした。最初のページには交換ノートのルールが書かれている。

ノートのことは、誰にも言わないこと。
ノートで話したことは、全部ここだけの話にすること。
どっちかが、二日続けて書かないこと。
ノートは必ず、隠し場所に戻しておくこと（持ち帰らないこと）。

隠し場所というのは、先刻のロッカーだ。だからまっさきにあそこを探したのだが、思い返してみれば確かに、最後にノートを持っていたのは透子だったかもしれない。ルールを決めたのは、全部透子だった。俺はただただうなずいて、夏休みに入ってからは夢中でノートを書きつづった。交換ノートなんて、小学生の、特に女子がやるような、女々《めめ》しくて幼稚なものだと思っていた。だけど透子とやりとりするときの俺は大概幼稚だったし、それは透子も一緒だったように思う。

最初の日付は、七月二十一日。透子から、俺宛《あ》てだった。

後輩くんへ。

初めての交換ノートだね。なに書いたらいいのかな。実は私、交換ノートってやったことがありません。こういうのって、みんななに書くんだろう……。小学生の頃、クラスの女の子たちの間でちょっと流行《はや》ってたけど、こんなことなら見せてもらっとけばよかったな。なーんて、今更の後悔だけど。

さて。携帯のアドレスを教えられないので始まった交換ノートですが、ここで重大なお知らせがあります。このノートのルールについてです（前のページに書いておきました)。君は賢そうだから、言わずもがななことばかりかもしれないけれど、念のため。ちなみにルールを破ったら、偽ラムネ一気飲みの刑に処す!

んー、なに書けばいいんだろうなあ。じゃあ、せっかくなので質問をしてみようと思う。後輩くんは、アイスクリームは何が好きですか?

透子の字はいつもちょっと斜めになっていて、達筆だった。同じ年頃の女の子なら顔文字や絵文字、かっこわらい、などと入りそうなところも、全部丁寧に句読点《くとうてん》で、誤字脱字は一切なかった。筆圧が弱く、字が少し薄くて、時間が経った今ではシャープペンシルで書かれたであろうその文章はだいぶ読みにくくなっている。

後輩くんは、アイスクリームは何が好きですか?

なんと答えたのだろう。今の俺は、アイスクリームそのものがあまり好きではなくなっていて、答えがわからない。

次のページには、七月二十二日の記述があった。俺から、透子宛てだった。

葵先輩へ。

好きなアイスクリームは……なんだろう、ソーダ味のやつですかね。中身がシャーベットみたいになってるやつ。葵先輩はどんなアイスが好きですか？

交換ノート、俺は男子だったので、本当に無縁でした。自分がやることになるとは思わなかったです。なに書けばいいんでしょうね……これがメールだったらたぶん迷わないんですけど。あ、葵先輩を責めてるわけじゃないですからね！　同じ文章なのに勝手が全然違くて不思議だなあっていう話です。

そもそも先輩は、どうして交換ノートなんて思いついたんですか？


そこで俺はノートをパタンと閉じた。これ以上はまずいと思った。目の奥の雲行きがだいぶ怪しい。

俺は閉じたノートを片手に部屋を出ると、和室に戻っていた優香理さんに声をかけた。

「優香理さん、これ、少しお借りしてもいいですか？」

葵家を出てから、国道沿いの自販機に寄って偽ラムネを買った。それから少し先のコンビニに寄って、ソーダバーを二つ。季節外れもいいところだったが、レジのおばちゃんは怪訝《けげん》な顔一つせずビニール袋に商品を入れてくれる。

雪をしゃくしゃくしゃく、と踏みしめながら、ソーダの味のする氷の塊を嚙《か》み砕く。齧《かじ》っていると、冷たさと硬さに歯が痺《しび》れる。口を開くたびに、真っ白な息がふわふわと立ち昇る。夏場なら食べているうちに溶け出すはずのブルーの氷は、うんざりするくらいカチカチのまま、一向にやわらかくなる気配を見せない。

たぶん、あの頃だって、特別ソーダバーが好きだったわけじゃない。高校生なんてお金がないから、一番安いそれを好んで食べていた。ソーダ味は、透子に気に入られたくてそう言ったのだろう。彼女は夏を彷彿《ほうふつ》とさせるものを好んでいた。アイス。ソーダ。鮮やかなブルー。どれも透子の好みに合っていたし、実際彼女はこのアイスが好きだった。

峰北町内に高校は一つしかない。中学も一つ。小学校は、二つ（もうじき一つになる）。なのにお寺や神社は無駄に多い。透子のお墓があるのは、北の小高い丘の中腹にある青芳寺《せいほうじ》というお寺だった。あんなに帰りたくなかった地元なのに、あんなに思い出さないようにしていた場所なのに、いざ帰ってみれば俺は透子の影を色濃く感じる場所にほど、磁石《じしゃく》のように引き寄せられる。

青芳寺を訪れるのは二度目だった。一度目は彼女が死んだ夏——蟬時雨《せみしぐれ》に包まれた新緑と夏草茂る山中で、境内《けいだい》にすら入れず引き返した。今日は多仁と待ち合わせていたので、逃げ出さずに済んだ。

「なんだそれ。花と線香なら買ってきたぞ」

多仁が俺のビニール袋を指差して言った。

「アイスと偽ラムネ」

「は？　この季節に？」

「透子、好きだったんだよ」

「供えんの？」

「他に思いつかなかったんだよ」

多仁は肩をすくめた。そういう多仁の手には一回り大きなビニール袋が握られていて、仏花《ぶっか》らしき菊が覗いていた。

「いくら？　後で払う」

「つまんねえこと言うな」

多仁は俺の背中をポンポンと叩き、行こうと促した。

「東京でぽっくり死ぬんじゃないかって、ずっと冷や冷やしてたよ」

境内を歩いているとき、独り言のように多仁がつぶやいた。

「一人で遠く行っちまって。誰にも話せないだろうに。電話したって出やしねえし」

「……悪い」

確かに多仁からは、よく着信があった。携帯の電源をしょっちゅうオフにしていた俺が煩《わずら》わしいと感じていたくらいだから、相当だ。必死に峰北町を自分から切り離そうとしていた俺は一度だってその電話に出なかったのに、今こうして墓参りに付き合ってくれるのだから、多仁も大概お人好しが過ぎる。

「そんな誰かを想《おも》うようなタイプじゃないと思ってた。ドライっちゃドライだし」

「そうかな」

「そうだよ」

多仁は神妙にうなずいた。

「覚えてるか？　おまえ、中学んときの修学旅行でさ。夜、みんなの好きな子の話になったのに一人だけ全然乗ってこなくて、あげくさっさと寝やがってさ……」

「そんなこと、あったっけ？」

「あったよ！　後で先生来て、『渡を見習え！』って全員怒られたんだぜ。けっこう大声だったのにおまえは安らかな寝顔でスヤスヤ起きねえし」

「俺、正しいんじゃないの、それ」

「正しくても、楽しくないだろ、それじゃ」

多仁が言うと妙に格言めいて聞こえた。

「だからちょっとほっとしてたんだよ。おまえが葵先輩に恋してるって知ったとき。ああ、こいつも恋をするんだってほっとした」

「俺をなんだと思ってたんだよ」

「サイボーグ」

「それ、透子にも言われたことあるな」

ちょうどお墓の前について、俺たちは口をつぐんだ。少し雪をかぶった葵家の墓石は、思っていたよりもずっと小さくて、透子みたいだと思った。俺は手桶《ておけ》から柄杓《ひしゃく》で水をすくい墓石にかけた。多仁は線香に火をつけた。仏花はすでに供えてあった。きっと優香理さんだろう。ソーダ味のアイスを袋のまま置いて、アルミ缶のプルタブを起こす。少し缶を振って、泡立たせてから墓前に置く。夏澄さんのお墓でもあるわけだが、あの人はきっと目をつぶってくれるだろう。

「……帰ってきたよ、透子」

目を閉じて手を合わせる。少し前に仏壇にも手を合わせたけれど、どちらかというとこちらの方が透子との距離が近い気がする。

四年も経っているのに、死に別れた恋人のことを忘れられない男はみっともないだろうか。

四年しか経っていないのに、死に別れた恋人のことを忘れる男は薄情だろうか。

この四年間、俺はその狭間《はざま》、罪悪感の泥沼の中でもがき続けている。

透子を思い出すものすべてを切り離すように峰北町を出て東京へ。都会の時間に翻《ほん》弄《ろう》されるうち、記憶のフィルムが擦り切れてしまえばいいと思っていた。なにもかも、なかったことにしてしまえればいいと。一方で、俺は透子のことを忘れたくないとも思っている。アイスを嫌っている。夏を嫌っている。そうやって彼女が愛したすべてを拒絶する行為は、忘却のように見えてその実、より深く記憶を刻み込んでいくのだということに、俺は気づいている。何かに迷ったとき、縋《すが》るように右ポケットに手を突っ込むクセは、そのいい証拠だ。

自分の頭にUSBポートがあったら。メモリを差し込んで、中の記憶を一時的に外へ取り出して。そうして思い出を、パソコンの中でフォルダ分けして、管理しておけたなら。こんなにも苦しむことなく、透子を忘れることなく忘れることができただろうに。

「ままならないよな」

多仁がぽつりと言ったので、ドキリとした。

「お似合いな二人ほど、引き裂かれるもんなのかね」

俺は無理矢理笑い飛ばした。

「なに言ってんだよ。似合わねえよ」

「……だな。ワリィ」

多仁も笑った。多仁の笑顔も、無理している笑顔だと思った。


家へ帰ると、ちょうど姉貴が家を出ようとしているところだった。玄関にショッキングピンクのキャリーバッグと、お土産《みやげ》に持たされたらしき蜜柑《みかん》やらお菓子やらが散乱している。ちょうどドタバタと、居間から本人が飛び出してきた。

「姉貴、帰んの？」

「帰るわよ。赤飯《せきはん》食べにきただけだし」

「ふーん。ありがとな。仕事忙しいのにわざわざ」

姉貴は東京で出版社に勤めている。近くの短大を出てさっさと就職を決めると峰北を出て、今は女性ファッション誌の編集者をしていると聞いた。死ぬほど忙しくて、ここ数年は俺と同じくらい家に帰っていなかったそうだ。まったく親不孝な姉弟だよ、と両親は嘆く。

「はあ。別にアンタのためじゃないから」

と姉貴は手をヒラヒラ振った。

「冷蔵庫に残ってるサイダー、飲んでもいいわよ」

「いらねえよ。っていうか冬に1・5リットル買うなよ」

「この町のコンビニ、500ミリのサイズ置いてないのよ」

東京ならどこでもあるのにねえ、と姉貴は遠くを見る目になった。

「あんた、今どこ住んでんだっけ」

「八王子《はちおうじ》」

大学がその近くにある。

「ヤダ。治安悪そう」

「大丈夫だよ、俺が住んでるとこ住宅街だし」

「人気《ひとけ》が少ないとこほど不審者が出んのよ。まあ、男は大丈夫か……」

転がっていた蜜柑をビニール袋に乱暴に詰めながら、姉貴は俺が上がれるようにキヤリーバッグをどけた。

「……たまには家帰ってあげなさいよ」

すれ違いざまに、ぼつりと言われた。

「姉貴が言うの、それ」

「アタシは社会人だから。アンタは学生。文系なんてどーせ暇でしょ」

「偏見だよ。短大がどうだったか知んないけど四年制だって忙しいんだよ」

「お父さんとお母さん、初めてだったのよ。もう少し察してあげな」

「なにが？」

「自分の子供とお酒飲むの。楽しみにしてたんだから。アタシは飲めないし」

「ガキの頃からビールくらい一緒に飲んでたよ」

「アタシが言ってるのがそういう意味じゃないってことくらい、わかるでしょ」

昨日多仁と乾杯したときのことを思い出して、俺は渋い顔になった。姉貴はかき集めるようにして荷物をまとめている。

「なんかあったら連絡するのよ。実家より近いんだし。アタシ今、中野《なかの》に住んでるから」

「どこ？」

「中野区」

「わっかんねえよ……つーか姉貴、俺が電話したって出ねえだろ」

忙しい忙しいって、散々喚《わめ》き散らしてたくせに。

肩をすくめて「それから」と、姉貴がなにげなく付け加えた。

「そろそろあの子のことは忘れな」

俺は目を瞬《しばた》いた。するすると、右手がポケットに伸びた。

今まで、姉貴は俺に透子のことを訊いてこなかった。付き合っていたことは知っていたはずだ。なにせムーミン谷だ。所詮は狭いコミュニティなのだ。でも冷やかしたり、どんな子なの、と詮索《せんさく》してきたり——そして透子がいなくなった後も、慰めたり、気遣ったりは一度もしなかった。たった一回——透子の死に際して、何も言わずそばにいてくれたことがあったくらいだ。姉弟仲が特別悪いわけでもなかったことを考えれば、少し冷たかったかもしれない。でも俺は、姉貴がそうしてくれたことに感謝していた。生前はともかく——透子の死後、慰められれば慰められるほどに、俺の中で彼女の死が膨らむことを、姉貴だけがわかってくれていた。

時効だと思ったのだろうか。姉貴の中で、四年というのはそういう時間なのだろうか。

「……姉貴、初恋っていつだった？」

「はあ？　なんでアンタにそんなこと教えなきゃいけないわけ」

「いや、どうやって吹っ切ったんだろうって」

「覚えてないわよ、そんなの。女の恋は上書きなの。最新のしか興味ない」

姉貴は、恋愛は百戦練磨《れんま》だと豪語している。確かに昔から、モテる姉ではあった。弟の俺にできないことが大概できた。運動も、勉強も抜群にできた。学級委員や生徒会長の経験もあったはずだ。美人でなんでもできて性格はややオトコマエ、学生時代尻に敷かれる男が後を絶たなかったことは噂で知っている。

「姉貴はさあ……とっかえひっかえ過ぎるんじゃないの」

「アンタは一生でたった一人を想うことが、カッコイイことだと勘違いしてんでしょ」

姉貴はブーツに足を通し、ほどけかけていたマフラーを巻き直しながら立ち上がった。

「そんな幻想はさっさと捨てて、ちゃんと生きてる人間に恋しときなさい」

じゃあね、と颯爽《さっそう》とマフラーを翻して出ていく姉貴は、やはりオトコマエだと思った。

部屋に戻ってから、もう一度交換ノートを開いた。こんなものが馴《な》れ初《そ》めだったと知ったら、姉貴はさぞかし軽蔑《けいべつ》するだろう。

七月二十二日の自分の書き込みに対する透子の返事は見ずに、パラパラとページをめくって最後の書き込みを見つける。日付は八月三十日。透子から、俺宛てだった。過去にも見たことがない文章だ。過去の俺の書き込みが二十三日以降なくなっているところを見ると、ノートは最後の一週間ほど透子のところにあったようだから、そのときに書かれたものだろう。

八月三十日。

成吾へ。

いよいよ明日だね。すっごく楽しみ。たぶん今日は眠れなくて、明日は寝坊して、いつも通り遅刻するような気がするので、家まで迎えにきてください……なーんて、そろそろ怒られちゃうね。頑張って起きよう……。でも本当に起きれなかったら迎えにきてください。成吾には迷惑かけてばっかり。頼りない年上でごめんね。でも、いつもありがとう。明日は本当に楽しみ！

そう書かれた文章全体にかかるように、大きなバッテンが引かれていた。おそらく、このタイミングで書いても遅いのに気がついて消そうとしたのだろう。交換ノートで、翌日のことを書いても、メールみたいに相手にすぐ届くわけじゃない。それにあの頃俺が彼女を迎えにいくのはお約束みたいになっていたから、言わなくても分かってるだろうと思ったのかもしれない。たぶん後で消しゴムをかけるつもりで、でも——。

その先は、ずっと白紙のページが続いていた。大学ノートは見開きで三十枚。ページでいうとおよそ六十ページ。その一ページを一日おき、交互に使っていたので、七月二十一日から八月三十日までおよそ四十日。後半は毎日は書いていなかったから、結果的にノートは、半分ほどしか使われていなかった。

心臓のあたりがぐるぐるっとねじれたような感じになって、俺は奥歯を噛みしめた。強い感情が生まれたとき、どうして人は胸が痛くなるのだろう。自分の胸の中に手を突っ込んで、心臓も、肺も、あばら骨も、ぐちゃぐちゃにかき回してしまいたい。痛みの原因がわからなくなるくらい、他の痛みに身をゆだねてしまいたい。

この町に戻ってくると、いろんなものが痛い。だから嫌だった。だけどその痛みから逃げて、東京でずっと忘れたフリをしたって、結局俺の時間は止まったまま、なにも変わることはできないのだろう。

姉貴の言ったことはきっと。全部、正しい。

「……だからって、どうしろって言うんだ」

机の上からシャープペンシルを手に取り、ゆっくりとノートの上に文字を走らせた。

一月十一日。

俺はどうしたらいい、透子。

書いてしまってから、ばかばかしくなって鼻で嗤《わら》った。シャーペンを放り出し、ノートを抱えたままベッドに突っ伏した。

うつ伏せのまま手を伸ばし、カーテンを開けて窓の外を見ると、雪が降り始めていた。家の前に、母親と、雪空を見上げていたらしい幼稚園くらいの女の子がいて、ちょうど目が合う。弾かれたように視線を逸《そ》らして、行ってしまう。あのくらいの年の頃、透子はその小さな体には不釣り合いなほどの重荷をその身に背負わされた。そのときの彼女の方がきっと、今の俺よりもずっと痛かっただろうに、どうして透子はあんなにも強く生きることができたのだろう……。

そのまま眠ってしまったらしかった。目が覚めると部屋は真っ暗で、蓄光塗料がぼんやりと光る時計の針は夜十時を示していた。昼寝にしては、少し長すぎる。両親は起こしてくれなかったらしい。姉貴はもう東京だろうか。

部屋の電気をつけようと手を伸ばして、何かを蹴飛《けと》ばした。バサバサと音がしたので、交換ノートだとわかった。抱えて眠ってしまったので、途中でベッドから落ちたのだろう。

電気をつけてから足元を見ると、先ほどのページが開いていた。俺が書いた文章が、三行……三？

目を擦《こす》ってノートを見た。


一月十一日。

俺はどうしたらいい、透子。

女々しくそう綴《つづ》られた少し下に、もう一行文章があった。

あなたは、誰ですか？

少し斜めになった、えらく達筆な、けれど筆圧の弱い……ひどく見覚えのある字が、そこに現れていた。

過去2

交換ノートの隠し場所は、駅前の二十一番ロッカーになった。俺の家からは歩いて十分ほど、葵先輩の家からも二十分も歩けばつくという。

先輩の背丈で届く二十一番、それからその鍵は十七番ロッカーに隠すことになった。どちらかが鍵を持っていては、結局それを会って受け渡ししなくてはいけなくなり、なんのために交換ノートをやるんだかわからない。鍵はガムテープでロッカーの天井に貼りつけることになり、十七番ロッカーにはそのための布ガムテープを置いた。これくらいなら、別に盗まれてもかまいやしない。もっとも、ここまでしなくたって駅前のロッカーなんて誰も使っていないことは、俺も葵先輩もわかっている。

葵先輩は受験生だったし、俺だって補習だのなんだので、毎日自由に時間が使えるわけじゃない。だから一日おきに、その日あったことや、なにかおもしろいことを書いて、お互いに報告しよう、というコンセプトだった。会おうと思えば会える距離なのに、わざわざノートを介するのがまどろっこしいと言えばまどろっこしかったが、互いに年頃の男女であること、付き合ってもいない異性と夏休みに毎日会うのもおかしいのだろうということで納得した。そんなこんなで、俺たちはいい年して交換ノートを始めた。

七月二十二日。夏休み二日目、俺は、ラジオ体操に出ていた小学生以来の早起きをして駅前へ向かった。夏休みから始める、と葵先輩は予告していた。昨日のうちにノートはロッカーに置かれたはずだった。

夜明けの盆地にはひんやりと清廉な朝靄《あさもや》が満ちていて、思わず夏であることを忘れそうになる。峰北は静かな町だが、中でもこの時間帯は特別な静寂を湛《たた》えている。滅多に通らない電車の代わりに、国道をピュンピュン走り抜けていくトラックの唸りさえも、遠くぼんやりと、霞《かすみ》がかったように、判然としない。静寂とは音のしない状態を指す言葉ではないのだとふと思った。静寂は、音を吸い込む。音楽室の壁にたくさん開いた、小さな穴のように。

駅が近づくにつれ、スーツを着た大人を数人見かける。これから朝の電車で仕事へ出かけるのだろう。どこかでラジオ体操の音楽が聞こえた。少しずつ、町が目を覚ましていくのがわかった。

二十一番ロッカーには、鍵が差さっていなかった。息をつめて十七番ロッカーを開ける。ガムテープがぽつん、と鎮座している。視線を上げると、天井にガムテープがべたっと貼られていた。表面の凹凸《おうとつ》は、綺麗に鍵の形をしていた。剝《は》がして手に取り、はやる気持ちを抑えながら二十一番ロッカーの鍵を開けた。汚れと湿気を防ぐためか、ファスナー付きのビニール袋に入れられた大学ノートがそこにあった。表紙に交換ノート、と書かれている。
深く息を吐いた。ノートを取り出して、ロッカーに背中を預け開いた。最初のページには「ルール」とあった。

ノートのことは、誰にも言わないこと。
ノートで話したことは、全部ここだけの話にすること。
どっちかが、二日続けて書かないこと。
ノートは必ず、隠し場所に戻しておくこと（持ち帰らないこと）。

俺はゆっくりと次のページをめくる。

後輩くんへ。
初めての交換ノートだね。なに書いたらいいのかな。実は私、交換ノートってやったことがありません。こういうのって、みんなに書くんだろう……。小学生の頃、クラスの女の子たちの間でちょっと流行ってたけど、こんなことなら見せてもらっとけばよかったな。なーんて、今更の後悔だけど。

さて。携帯のアドレスを教えられないので始まった交換ノートですが、ここで重大なお知らせがあります。このノートのルールについてです（前のページに書いておきました）。君は賢そうだから、言わずもがなことばかりかもしれないけれど、念のため。ちなみにルールを破ったら、偽ラムネ一気飲みの刑に処す！

んー、なに書けばいいんだろうなあ。じゃあ、せっかくなので質問をしてみようと思う。後輩くんは、アイスクリームは何が好きですか？

少し斜めになった、達筆な字だった。筆圧が弱いらしく、字は薄い。メールではないからかもしれないが、顔文字やかっこわらい、などの表現が一切なく、非常に生真面目な文面だった。葵先輩らしい感じもするし、らしくない感じもする。

俺はポケットに手を突っ込み、シャーペンを取り出すと、辺りを見回す。ちょうど駅舎のベンチが空いていたのでそこに座り、ノートを広げて返事を書き始めた。

葵先輩へ。

好きなアイスクリームは……なんだろう、ソーダ味のやつですかね。中身がシャーベットみたいになってるやつ。葵先輩はどんなアイスが好きですか？

交換ノート、俺は男子だったので、本当に無縁でした。自分がやることになるとは思わなかったです。なに書けばいいんでしょうね……これがメールだったらたぶん迷わないんですけど。あ、葵先輩を責めてるわけじゃないですからね！　同じ文章なのに勝手が全然違くて不思議だなあっていう話です。

そもそも先輩は、どうして交換ノートなんて思いついたんですか？


そこまで書いて、一度手を止める。

聞きたいことは山ほどあった。でもまだ一回目だ。あんまり突っ込んだ質問をすると、続かなくなってしまうかもしれない。

とりあえずここまでにしておこう。

そう決めて、ノートをビニール袋に戻ししっかりとファスナーを閉めた。ロッカーに戻し、鍵をかけて、鍵は十七番ロッカーの天井へ。念のため、誰にも見られていないことを確認する。

先輩は明日ノートを見て、返事を書いてくれるだろう。こんなにも明後日《あさって》が待ち遠しいのは、ずいぶんと久しぶりのことだった。

＊

七月二十三日。

後輩くんへ。

無事初回の交換が済んでほっとしました。なかなか新鮮だね。メールとか、したことないから、こういう感じなのかなって思ったんだけど、やっぱりちょっと勝手が違うんだね。もしかして私の文章、変……かな？

交換ノートにした理由は、ええと、メールがだめなら文通なのかもしれないけど、私たち家近いし、切手代がもったいないかなって。その点、交換ノートならノート代だけで済むし。あと、ちょっと交換ノートに憧《あこが》れがあったっていうのも……あるかな！

ソーダ味のアイス！　私も大好き！　でもちょっと思ったんだけど、あれって、アイス「クリーム」なのかな。アイスクリームって、クリームってついてる以上はきっと乳製品使ってないとダメだよね。むむむ……外側ソーダで、中身バニラのやつは好き？　あれならきっとアイスクリームだ！

七月二十四日。

葵先輩へ。

文章、全然変じゃないですよ。むしろすごいまともです。クラスのやつとメールしたりしても、誤字とか脱字とか平気であるし、何言ってんのかよくわかんないことあるし、たまに顔文字だけとかあるし。やっぱり、手紙に近い感じですかね。それか日記……？　他人に見られたら超恥ずかしいやつですね、これ。先輩も、ルールは絶対守ってくださいよ！

交換ノートに憧れですか。俺にはよくわかんない感覚ですけど、先輩の密《ひそ》かな野望が一つ叶ったのなら嬉《うれ》しいです（笑）確かに高校生くらいまでですかね、こんなことしてもギリギリ許されそうなの。大人になってから交換ノートとか、だいぶ苦しいですもんね。そういえば先輩、中学はたぶん峰北中じゃないですよね？　昔は違うところ住んでたんですか？

確かに……クリームってついてる以上はバニラ系で答えないといけなかったのかな

……でも氷菓子全般を指してアイスクリームって言ってる節ありますよね、日本って。ちなみにバニラ入ってるやつも好きですよ！　でも基本的には、シャーベット系が好きな気がします。


七月二十五日。

後輩くんへ。

実は現代文は得意なのです。本よく読んでるから、そのおかげかな？　ルールは厳守しますとも！　でも偽ラムネ一気飲みは、ちょっとやってみたい気もするけどね。ふふふ。

野望ってなんだよー！　私が悪の総帥《そうすい》みたい！　後輩のくせにあんまり生意気なこと言うと、交換ノートに書いた恥ずかしいアレやコレを……ぐふふ（一気飲みの覚悟）。うん、高校になってからこっち引っ越してきたよ。おばあちゃんの介護とかあってね。お父さんだけ、単身赴任で残ってるけどね。

シャーベット系かー。でも確かに君はクールな印象あるもんね。じゃあアイスキャンディーとかも好きでしょ。あー、なんかアイス食べたくなってきたなー。

今日は全然勉強がはかどりませんでした。数学意味わかんない。きらーい。

やりとりはいつも長くなる。長い文章を書くのが苦じゃないなんて（しかもイマドキ手書きで）、生まれて初めてだった。作文も日記も苦手で、メールだって不精気味の自分が、こんなにも活《い》き活《い》きと文章を書けるのかと、我ながら半ば唖然《あぜん》とするほどだ。

去年まで毎日お昼まで寝ていた俺が一日おきに早起きするのを、親は「息子《むすこ》の気が狂った」みたいな目で見ていたが、姉貴はなにやら察したみたいになにも言ってこなかった。

七月三十日。

葵先輩へ。

もう七月が終わってしまいますね。交換ノートを始めてから時間が経つのが早いです。昨日は雨だったのでノートがちょっと心配だったんですが、どうやらロッカーがちゃんと守ってくれたみたいです。あの場所は正解だったかもしれません。

いつしか、七月が終わろうとしていた。一度シャーペンを置き、俺は汗の滲《にじ》んだ手をズボンにこすり付ける。

湿度の高い朝だった。むっとするような空気が質量を伴って肌にまとわりついている。目に見えない蜘蛛《くも》の巣が、たくさん体に貼りついているような感じだ。手を振って乾かしてから、もう一度シャーペンを握った。続きを書こうとしたが、手はなかなか動き出さなかった。

あれからずっと、交換ノートのやり取りは無難に続いていて、それは文字通りどこまでも無難だった。俺は踏み込めていなかった。多仁が言うところの〝雑談〟しか、していなかった。それはそれで、楽しいけれど。

体育の授業をいつも見学している先輩。

学校で、いつも一人でいる先輩。

今どき携帯電話を持たせてもらえない先輩……。

喘息持ちなんですか、と訊いたとき、先輩はまあそんな感じと言った。そのわりに先輩は、俺の前で一度も咳《せき》をしたことがない。

少し考えて、シャーペンを強く握り直し、ノートに走らせる。

先輩、どこか悪いんですか？

すぐに消した。直球過ぎる気がした。

先輩は、どうしていつも一人なんですか？

デリカシーがないな、と思って乱暴に消しゴムをかける。

先輩、なにか隠してませんか？

なんか気持ち悪い。これもすぐに消す。

しばらく悩んだ末に、俺は結局こんなことを書いた。

先輩、よかったら今度一緒にお祭り行きませんか？　本物のラムネ飲みにいきましょう。

三日後の八月二日、駅前広場――つまりこの場所で、夏祭りがある。もともとはバスプールだが、最近では一時間に数本の町内バスがたまに乗り入れて、方向転換する以外には特に意味のない広場だ。夏祭りになると、広場に屋台が並び、提灯《ちょうちん》の明かりが灯って、太鼓の音が響き渡る。毎年俺は多仁と連れだって、須藤の家が出している屋台で焼きそばを食ったり、他の夜店を冷やかしたりする。大した規模ではないが、普段地元民でも寄りつかない場所が活気に満ちて賑《にぎ》わうのは、やっぱり非日常という感じでわくわくするし、それはたとえお祭りが苦手だと言っていた葵先輩でもきっと同じだ。ラムネだって、たくさんあるし。

口実はなんでもいい。やっぱり顔を合わせてじゃないと訊けない。ノート越しに言葉を交わすのでなく、直接声を聞いて、話して、そして、できることならもっと先輩のことを知りたいと強く思った。

その日は補習があって、俺は駅を出た足で学校へ向かった。お世辞にも成績がいいとは言えない。順位は下から数えた方が断然早い。多仁もどっこいどっこいで、俺と多仁は夏休みの補習のほとんどすべてに呼び出されている。赤点を取る方が難しいと言われているぬるいテストすら軒並み赤点なので、職員室では赤点ボーイズなんて呼ばれているらしい。

「来年は受験生だぞおまえら。ちょっとは危機感持てよ赤点ボーイズ」

担任でもある数学教師の生田《いくた》から、いつもの釘《くぎ》を刺される。

「センセー、俺去年補習受けてても成績上がんなかったし帰っていい？」

「補習受けなくても成績上がるなら帰ってもいいぞ」

「そんな便利な機能あるならむしろつけてよ」

生田と多仁が頭の悪い会話をしている。俺は白紙のプリントに手もつけず窓の外をぼーっと眺める。

夏のグラウンドは、暑さのせいか揺らいで見えた。夏休みの補習で窓際の席に座ったところで、校庭に葵先輩の姿が見えるわけはない。今日はサッカー部がボールを追いかけている。乾いた校庭の砂埃が舞い上がって、なんだか靄みたいに漂っている。ぼちぼち光化学スモッグ注意報が出そうだなとぼんやり思う。

「そういえば渡、おまえ三年の葵と仲良いのか？」

生田の口から突然、たった今頭の中で考えていた人の名前が出てきて、俺は動揺した。

「え、なんで？」

「葵って誰？」

多仁が俺と生田の顔を交互に見る。

「こないだ葵が学校来て、二年の渡ってどんなやつかって訊いてきたんだよ。滅多に人に興味持たないやつだから、ちょっと意外でな」

「はあ……図書室でちょっと話した程度ですけど……」

さすがに交換ノートをしているとは言えない。

「なんて答えたの、センセー」

俺が気になったことを、代わりに多仁が訊いた。

「真面目な不良少年だよ、って。珍しく葵が爆笑してたな」

その姿は想像できる。できるけど。

「ひどいな生田先生。俺は優等生でしょ」

「ほぼ全科目赤点がなにえらそうに言ってやがる。ほら、さっさと課題やれ」

プリントをぐいぐい顔に押しつけられながら、俺は葵先輩のことを考えていた。

あの人、学校に来てたのか。なんで生田に訊いたんだろう。ノートで直接俺に訊けばいいのに。

顔に押しつけられたプリントを引き剝がして、俺は生田に訊ねた。

「生田先生。葵先輩って、どっか悪いの？」

生田の表情が強張ったのを、俺は見逃さなかった。

「……なんでそう思うんだ？」

「いつも体育の授業見学してるから」

生田が呆《あき》れた顔になった。

「おまえ……最近数学の授業中妙に外見てると思ったら葵見てたのか」

「だから葵って誰だよ？　なあ？」

多仁を無視して、生田が言った。

「俺が勝手に言っていいことかわからんから、言わん。けど、葵もたぶんあんまり知られたくないと思うぞ。仲良くしてて、そこまで気づいてるならなおさら、気づいていないフリをしてやるのがいいんじゃないのか」

それはもうほとんど、答えを言ってしまっているよ、先生。

俺は思いながら、ぎこちなく笑った。

「大人だね、生田先生」

生田は憤慨していた。

「失礼だな、俺は頭のてっぺんからつま先まで大人だよ」

昼過ぎまでこってり絞られながら課題をこなし、二時ごろに俺と多仁はようやく解放された。ぐうぐう鳴るお腹《なか》をさすりながら、どっか寄ってこうぜと多仁が言った。

学校の近くのぼろいラーメン屋に入って、二人して一番安い普通のラーメンを学生サービスで大盛りにしてもらう。

「――で、結局葵先輩って誰だよ」

ラーメンを啜《すす》りながら多仁が訊いた。忘れてくれたのかと思っていた。

「三年生の先輩だよ。前に図書室でちょっとしゃべった」

俺はメンマをひとつ残らず多仁の器に移しながらつぶやいた。食感が苦手なのだ。

「女？」

代わりに向こうからナルトがやってくる。練り物がダメらしい。店主の爺《じい》さんは俺と多仁の物々交換をじっと眺めていたが、何も言わなかった。

「……女の人だよ」

多仁の目がなにやら爛々《らんらん》と輝き始める。悪い兆候だ。

「図書室でちょっとしゃべった程度で、おまえのこと先生に訊きにくるような人はいないだろ。白状しろよ。どういう関係？」

「いや。本当に図書室でしかしゃべったことないんだよ」

これはウソではなかった。先輩と生で言葉を交わしたのは、学校の図書室だけだ。

多仁は納得しなかった。

「修学旅行の恋バナですら盛り上がらなかったおまえだぜ？　特定の女子に、しかも先輩に、明らかに興味持たれてるのに、それだけってことは絶対ねえだろ」

と、言われても交換ノートのことは誰にも言ってはいけないというルールだ。

なにか逃げを打たなければと思って、ふと今朝《けさ》のことを思い出した。

「……今度の夏祭りに誘った」

ヒュゥ、と多仁が口笛を吹いた。

「まじで⁉　おまえが⁉　意外過ぎる！」

「失礼だな。俺だって誘うときくらいあるよ」

俺の反論を無視して、多仁は食いついてきた。

「なに、惚《ほ》れてんの？」

「惚れ……？」

難しい単語が出てきた。多仁がもどかしそうに言いつのった。

「好きなんだろう？　その、葵先輩って人のこと」

麺《めん》を持ち上げようとしていた手が止まる。

「好き……」

最近胸の内を満たしているような気がしていた炭酸が、急に弾けてスパークしたようだった。

——ねえ、偽ラムネの裏ワザ教えてあげよっか。

そう言ったときの、少し上目遣いな先輩の顔。二つのビー玉みたいな瞳。偽ラムネで潤《うる》んだ唇。汗で少し透けていたブラウス。胸のふくらみと腰のくびれ。折れそうな手足。白い、白い肌。

耳が熱くなるのを感じた。

そうか。

これが、好きってことなのか。

初恋だ。

突然怖くなった。

朝誘うときは、なにも思わなかったのに。

「なあ、多仁」

俺は震え声で訊ねた。少し伸びてきたラーメンを見つめる。

「……断られたら、どうしよう」

多仁はしばらく俺をまじまじと見てから、ぶっと吹き出した。

「大丈夫。男なら誰もが通る道だよ」

そう言って、普段は絶対最後まで残しておくチャーシューを俺の器に入れてくれた。

……別にいらないけど。


七月三十一日は生きた心地がしなかった。その日も補習があったが、俺はすっぽかして一日中部屋でゴロゴロ転がってあーとかうーとか唸っていた。とうとう気が触れたかと親があたふたする中、相変わらずドライな姉貴に「頭冷やしてこい」と家を蹴り出され、仕方なしに駅前のロッカーへ行ってみるも返事はまだ来ておらず、このままここで待っていれば会えるかもしれない、と思うがさすがにそれはルール違反だろう。駅から離れてフラフラしていたら補習帰りの多仁に見つかって、なにサボってんだよと怒られた後なぜか昼飯を奢《おご》らされた。またラーメン。今度はチャーシューを取られた。

気がつくと陽が暮れていて、家に帰るも夕飯はろくに喉を通らず、夜は布団《ふとん》に入ったところで一向に眠れなかった。

なんだ。

なんなんだ、これは。

炭酸。

肺をいっぱいに満たす。

ボコボコと泡立っている。

もはやそれはマグマのようだった。

人を好きになるって、こういう感じなのか。

中学生の頃、多仁には彼女がいた。仲がいいってほどではないが、俺もよく知っている女子だった。あくまでクラスメイトだった二人が……いわゆる恋人関係なのだと知ったとき、俺の頭は混乱した。俺と二人を結ぶ矢印は友だちで、二人と俺を結ぶ矢印も友だちで、だけど二人の間を結ぶ矢印は恋人。今まで綺麗に友だちという矢印で結ばれていたトライアングルは、正三角形だった。だけど多仁とその子の距離が縮まって二等辺三角形になり、頂点の俺だけ距離が遠のいた感じがした。

そういうのは、ドラマの中だけなんだと思っていた。あるいは、もっと大人になってから。付き合うっていうのがどういうことなのか、よくわからなかった。多仁もたぶん、よくわかってはいなかったけど、それでもあいつは先進的な方だ。俺は発展途上ですらなかった。恋をしたことがなかった。いまいち、女子って生き物が、チガウイキモノなんだと、よくわかっていなかった。

一目惚れ、ってやつだったのだろうか。

……いや、違う。

図書室の中で話したときは、ドキドキしなかった。外に出て――そう。あの、偽ラムネのやり取り。たぶん、あのときだ。あのときの彼女の言葉は、星型の泡が弾けるラムネのように、キラキラとまぶしかった。

そうだ。あの瞬間、俺は、葵透子に恋をした。


八月一日。ほぼ徹夜だった。それでも一度は眠ったらしい。重たい頭を持ち上げると、朝六時だった。瞼《まぶた》を閉じても、二度寝できる気がしない。俺は起き上がって、そそくさと着替え、ロッカーを目指して家を出た。

朝の涼しい空気に触れているうちに、少し目が冴《さ》えてきた。サンダルの下で砂利《じゃり》が転がる感触をぼんやり感じながら、先輩からの返事がNOだったらどうしようか、と昨日日付をまたぎながら悶々《もんもん》と考えたことをまた考えた。考えても答えなんて出ないことは、わかっているのだ。思考は予防線だった。NOだったときに傷つかないように、あらかじめ傷ついておこうとしている。

もう少し傷ついておいた方がいいかな、と近道の石段を降りながら考えた。もしNOだったら。とりあえず交換ノートは続けられるように、また無難な会話をしよう。なにげない、さりげない、日々のちょっとしたことや、なんでもないことを、さも楽しそうに書き綴ろう。夏休みが明けて二学期にまた会ったとき、久しぶり、と笑って挨拶《あいさつ》できるように。またブルーのベンチに腰かけて、偽ラムネを飲めるように。

階段を降りきると、自然と早足になった。駅はすぐそこだった。十七番ロッカーを開けて鍵を取る。二十一番ロッカーの鍵穴に錠を差し込んで、しばし祈るように目を閉じる。

深呼吸を一つしてからロッカーを開けた俺は、目を見張った。

ノートが、ない。

現在3

あなたは、誰ですか？

俺はしばし茫然《ぼうぜん》とその文字を見つめていた。

この字の主を、俺は知っている。だけど彼女は、四年も前にこの世を去った。死んでしまったのだ。彼女の死を認めるための儀式を避け続けてきた俺が、やっと彼女の墓前に参り、線香をあげて——何を感じ、なにを思っているかはともかく——形の上で、それを認めたばかりだった。

なのにどうして？

それは紛れもなく、透子の字だった。最初からあったのだろうか。見逃しただけ？

それともイタズラか。俺が寝ている間に、誰かが透子の字を真似《まね》て書き込んだとか？

はたまた透子の幽霊？

あるいは——俺はシャーペンを手に取り、彼女の字の下にこう書き込んだ。

そういう君は、誰ですか？

しばらくノートを睨んでいたが、変化はなかった。

少し考えて、ノートを一度閉じてみる。それからもう一度同じページを開いてみると――心臓が一拍、大きく跳ねた。

私が透子です。知っていて書いたんじゃないんですか？　それよりも、いったいどうやって書き込んでいるんですか？　このノートは今、私の部屋にあるのに。誰もいないのに、気がつくと文字が書き込まれています。どんなトリックを使ったんですか？

驚きや恐怖よりも、その名前が俺の脳髄《のうずい》を揺さぶった。

「透子……」

透子。葵透子さんですか？

震える手でノートに綴る。

そうです。どうして私の名前を知っているんですか？　いったいどうやってノートに書き込んでいるんですか？　あなたは、誰ですか？　今どこにいるんですか？

心臓がばくばくと脈打っていた。

本当に透子なのか？　あの、葵透子？　ありふれた名前ではないと思う。それに、このノートの本来の持ち主は彼女だ。だが、ノートにひとりでに文字が現れるだけでも不可解なのに、なぜその相手が死人なのだ。彼女が生きていたなら、まだ仮説の立てようもある。だけど彼女は……彼女は、死んでしまったはずの、人間だ。彼女が生きていたのは四年前で——、

「四年、前……」

自分の発した声があまりにも掠れていて、まるで自分のものではないようだった。

そうだ。四年前なら、彼女は生きている。

——今どこにいるんですか？

……彼女が言う「今」とは、いったいいつだ？

俺と透子が交換ノートをやっていたのは、あの年の、あの季節だけだ。そして同じ年の同じ季節、彼女は永遠にこの世を去った。なのにこのノートの中では、透子が生きている。自分が死んだことなんて、まるっきり知らないみたいに。

……確かめなければならない。

そちらのノートに勝手に書き込まれている現象については、説明することはできません。こちらでも、同じことが起きています。一つ、確認させてください。こちらは××10年の1月11日です。そちらは今、いつですか?

「セイゴー?　起きたの?　ご飯は?」

階下から母親の声がしたが、俺は返事ができなかった。

生唾《なまつば》を呑み込みながらノートを一度閉じ、もう一度開いた。

えっ。こちらは×××6年の7月31日ですが……。

×××六年の、七月三十一日。その日付を、俺はよく覚えている。人生であれほど眠れなかった日は、透子が死んだ日を除けば他にない。
何か祈るような心持ちでノートを閉じ、俺は深く息を吐いた。
今、目の前で信じがたいことが起きている。
このノートは、四年前の透子に繫《つな》がっている。

タイムマシン。タイムトラベル。タイムスリップ。タイムリープ。SFでは手垢《てあか》のついた題材。俺も小説や映画なんかで色々見てきたが、しかし過去と繫がる交換ノートなんて話は覚えがなかった。この場合、どれに当てはまるのだろう。タイムトラベル？　それとも、タイムマシン？
そもそもこのノートの向こうにいるのは、本当に四年前の透子なのだろうか？　そこを疑ってしまうと、あらゆる前提が崩壊してしまう。

どうやらこのノート、過去に繫がっているみたいです。
あなたは未来から書き込んでいる、ということですか？　未来の、このノートに？

そういうことになりそうです。君の名前は、ノートの記述から知りました。勝手に読んでしまってすいません。

あなたは誰なんですか？　このノート、未来ではどこにあるんですか？　どうして未来の私が持っていないんでしょう。

未来には、君がいないからだ、とは当然言えない。

私は山口《やまぐち》と言います。こちらでは、ノートは東京にあります。いつどこで紛れ込んでしまったのかわかりませんが、気がつくと私の鞄《かばん》に入っていました。

山口、東京などと嘘《うそ》をついたのは、自分が未来の渡成吾だとは知られない方がいいと直感したからだ。名前に深い意味はない。

そうですか。さすがに未来の私も、大学生にもなって交換ノートは使ってないんでしょうね。どこかで失《な》くしてしまったのかな。それとも捨てたのかな……。

大学生にもなって、というところでまた胸が軋んだ。
四年後の今、君は大学生になっていないんだよ、と。

こちらは四年後ですから、色々そちらとは変わっていることもあると思います。ノートはけっこうボロボロなので、捨ててしまったのかもしれませんね。中の記述も、四年前で止まっています。

捨てられたことにした方がいいだろう。未来の私に届けてくれ、なんて言われたら困ってしまう。何日まで記述がある、ということも言わない方がいいと判断した。

あれ。ということは、あなたは私がまだ書いていないはずの交換ノートの記述も、読めるということですか?

そういうことになります。こっちは四年後ですから。

……恥ずかしいから、あんまり見ないでください。

透子の反応は、女子高生らしいピュアなものだった。まあ、見なくても全部知っているんだけど、と心の中でつぶやきながらこう答えた。

善処します。

お願いします。もしよければ、未来のことをなにか教えてくれませんか？

向こうが七月三十一日、ということは――あの夏の日に起きたことは、大概覚えている。二日には夏祭りがあった。けれどそこで起きることを彼女に伝えるのは、あまりフェアではない気がする。

俺は交換ノートを遡《さかのぼ》って、透子と過去の俺のやりとりを眺めた。これらの記述は、まだあちらのノートにはないはずのものだ。こっちのページは、過去と繋がっていないらしい。

四日の記述で、透子が地震のことに触れていた。八月三日未明、少し大きめの地震が起こる。それでびっくりして飛び起きたらそのままベッドから転がり落ちてしまった、という透子にしてはお間抜けなエピソードだった。

八月三日に地震が起きます。君はその地震で目を覚まします。

そう書いて、ノートを閉じる。再び開くと透子の返事が来ていた。

わかりました。信じます。

「信じるのか」

と俺は思わず笑ってしまった。普通、三日になってから判断することだろう。だけど確かに透子なら、信じてくれそうだった。それで俺も、ノートの向こうにいるのが透子だと信じることにした。

①今ここにある交換ノートと、同じものが過去に存在している。その二つの間にのみ、時間の歪みのようなものが発生していて、結果的にページを共有している——要

はこちらで書いたものが、向こうのノートにもまったく同じ位置に、同じ筆跡で現れる。
②過去に俺と透子がしたやりとりで、向こう側でまだ起きていないことは、当然こちらのノートにしか存在しない。それらのページにはなにを書いても向こうのノートには反映されない。
③ページを破った場合、向こうのページも破れる、ということはない。破かれてノートから離れたページは時間の歪みから解放されるようで、そこになにを書き込んでも向こうには同期されない（逆も同じ）。
④同期させるときはノートを一度閉じる必要がある。閉じている瞬間のみ、向こう側と繋がる（メールの送受信機能だと思えばわかりやすい。自動受信はしてくれない）。時間の流れはどうやら同じ。こちらは一月十一日で、向こうは七月三十一日。日数にして千二百六十日。ただ、向こうは朝らしく、半日のズレがある。
過去の透子とのやりとりで、俺は以上の四つを確認した。理屈はわからない。とにかく確かなのは、このノートが過去と未来を繋いでしまっているということだけだ。

不思議ですね。どうしてこのノートだけ、そんなことになるんでしょう？

透子の疑問はもっともだった。彼女は俺が、未来の渡成吾だとは知らない。だけど彼女が透子だと知っている俺でさえ、理屈はまったくわからないのだ。なぜこのノートにだけ、時間の穴が開いているのだろう……。

透子とまた話をしている。その感覚は奇妙だった。嬉しいはずなのに、気味が悪い。ノートの向こうの彼女は、四年前の彼女だ。つまり、死ぬ前の彼女。俺はあれからおよそ四年――より正確には三年半強――歳《とし》を取っている。でも彼女は、思い出の中の彼女のまま、まったく色褪せていない。そして彼女には、その自覚がない。彼女はただ、自分の人生をまっすぐに歩いている途中だ。すべてを知っている俺の方が、やはり違和感を強く感じてしまう。

透子ともう一度話がしたい。

何度も願ったことのはずなのに、いざ叶うと戸惑いの方が大きかった。なにより透子は俺のことを渡成吾だとは知らない。彼女が送ってくる言葉は、あくまでまだ知らぬ未来の、見知らぬ山口さんに対する文章で、それはかつての俺が交換ノート越しに受け取っていた明るい文面とは天と地ほどに違う。

ノートのことは、誰にも言わないこと。

ノートで話したことは、全部ここだけの話にすること。

どっちかが、二日続けて書かないこと。

ノートは必ず、隠し場所に戻しておくこと（持ち帰らないこと）。


昼寝をしてしまったせいもあって寝つけず、そのまま徹夜の構えになった。最初のページを見ていて、気になったことが一つあった。ルール4。ノートは持ち帰らないこと。でも透子は今、ノートが部屋にあると言う。

七月三十日。四年前の俺は、透子を夏祭りに誘った。七月三十一日。透子はそれを読んで、そして八月一日、朝俺が駅前広場へ行くとノートはロッカーになかった。

そう。あの日ノートがなかったことを俺は覚えている。透子がそれを持ち帰っていたことも、知っている。だけどそれがどうしてだったのか、訊かなかった。というより、他のことで色々と頭がいっぱいで、訊くのを忘れた。

あのとき、透子はどうしてノートを持ち帰ったのだろう。

透子さん。このノートのルールによると、ノートは持ち帰ってはいけないことになっていますね。でもあなたは、ノートが自分の部屋にあると言いました。それはどうしてですか?

ノートを閉じて、また開いてみたが返事は来ていなかった。一分おきにパタンパタンとノートを開け閉めしていると、十五分後に返事が来た。

山口さん。ちょっと相談聞いてもらっても、いいですか?

俺はしばし透子の字を見つめた。
透子は人に相談しない少女だった。抱え込む性質があった。自分にのしかかる重たい影を、自分一人の中に押し込めようとするところがあった。それは、彼女の抱えていたものを思えば仕方のないことだったのかもしれない。だけどあの頃、俺は透子にもっと頼ってほしかったし、打ち明けてほしかった。特にこの、七月三十一日頃は。

いいですよ。なんでしょう。

今度の返事は、すぐにきた。

後輩の男の子に、夏祭りに誘われたんです。でも私、ちょっと……その、普通じゃないんです。だから、一緒に行っても迷惑かけちゃうかなって思うんですけど。それでも、行くべきだと思いますか？　……というか、あなたのノートには、きっとその結末も書かれていますよね。私がどっちを選んだのか、教えてくれませんか？

八月二日は、透子の番だった。交換ノートに何が書いてあるのか、確かに俺は見ることができる。彼女にとっての未来――そして、俺にとっては遠いその過去を知っている。もしここで俺が、その結果とは異なる未来が訪れるように示唆《しさ》すれば――過去は変わるのだろうか。過去と繋がっていない、八月三十日まで書かれている交換ノートの前半ページ。もし過去が変われば、この部分に変化が起きるはずだ。そうなれば、過去を変えることができると証明できる。これはその絶好の機会だ。

だが、彼女は正しい未来を知りたがっている。透子がただでさえ人を頼らない少女だったことを、俺は誰よりもよく知っている。その彼女が珍しく他人に頼ることを自分に許してまで俺に縋ってきたのだとしたら、そこで真摯《しんし》な答えを返さないのは年上の男としてどうなのだろう。

かといって、未来を教えることが正しいとも思えない。彼女がそれを知って、その通りに動くことは、彼女の意志ですべき選択を取り上げてしまうことになる。このノートの八月二日を書いた透子は、きっとたくさん悩んで、苦しんで、それでも自分の答えを出して、四年前の俺と向き合ったはずだ。それをせずに、未来を知って答えを決めてしまうのは――たぶん、よくないことだ。

お祭りの誘いは、確かにノートに書いてありましたね。それで、返事を迷ってノートを持って帰ったんですね？

はい。

四年前に知りたかったな、と思いながらノートにシャーペンを走らせる。

未来を教える前に、透子さんの気持ちを聞かせてください。行きたいんですか？ それとも、行きたくないんですか？

今度も返事は早かった。

行きたいです。

じんわりと、胸の内に痛いような、温かいような、奇妙な感情が発した。それはとてつもないエネルギーに満ちていて、俺は迷わずノートにシャーペンを走らせた。

じゃあ、行ってきたらいいと思います。彼から誘ったんだったら、きっと彼も君と一緒に行きたいはずだから。未来を知る必要は、ないと思います。

その後の返事は、しばらくなかった。考えてみれば向こうは日中か。透子は受験勉強をしている頃かもしれない。

また気づかぬうちに眠ってしまったらしい。目を開けると朝だった。
慌てて開いてみたノートには、こう返事が来ていた。

はい。ありがとうございます。行ってきます!
追伸・このやりとりを彼に見られると困るので、後で消しておいてください。あと、このノートの中でのことはここだけの秘密ですよ。〝ルール〟は山口さんにも適用ですからね!

ふっと微笑みが浮かんだ。俺はしばし元気な彼女の返事を目に焼きつけてから、昨日一日の自分と彼女のやり取り両方に消しゴムをかけた。

*

その日、俺は東京へ戻った。親にはもっとゆっくりしていけなどと言われるが、姉貴だって仕事で帰ったのだし、俺にだって授業がある。午前中に荷物をまとめて家を出ると、多仁と須藤に見送られて峰北町を後にした。

電車の中で、俺は交換ノートを見返していた（優香理さんに断って、もうしばらく貸してもらうことにした）。消してしまったので、昨日のやり取りをしたページはすでに白紙に戻っている。筆圧の弱い透子の字は消しゴムで簡単に消えてしまって、跡すらも残っていない。夢だと言われたら、なんだかそんな気もしてくる。

だけど、夢じゃないのだ。この罫線《けいせん》の先は、今でも過去に繋がっているのだろうか。東京に戻ったら、まずそれを確かめなければいけない。

昨日よぎった考えが、まだ頭の隅に残っている。

もしこのノートがまだ過去に繋がっているのだとしたら。

俺は、過去を変えられるんじゃないだろうか。

彼女の死を回避する。そんなに難しいことじゃないはずだ。彼女が死に至る歴史を俺はすべて知っている。それをなんとかやり過ごすことができれば。透子を死の運命から、救ってやれるかもしれない。

その思いは、胸の内で真夏の積乱雲のようにもくもくと膨らんでいった。

過去3

のろのろ家に戻ると布団に突っ伏して二度寝した。ノートがなかったショックと眠気の限界がごっちゃになって、大量のノートに襲われる悪夢を見た。姉貴に蹴飛ばされて目が覚めたのは昼頃で、片付かないからさっさと飯食えと怒られた。素麺《そうめん》を惰性で啜り込み、居間でついていたテレビをだらだら見て、飽きたので二階の部屋に戻るとここ数日閉めきっていた影響かむっと蒸れて嫌なにおいがする。

換気をしようと窓を開けた。

「あ」

聞き覚えのある声がして、下を見た俺は心臓が止まるかと思った。

「やっほー」

葵先輩が、手を振っていた。

姉貴は今年短大一年目だから、先輩の一個上ということになる。俺が初見で高校一年生に見間違えた葵先輩のことだから、姉貴も最初後輩が来たと思ったらしい。三年生だと教えてやると、それでも別に年下なのだからタメ語でいいのに、微妙に態度が恭《うやうや》しくなっていた。葵先輩は最初から低姿勢だ。

「ごめんね。もしかしてノート探したかと思って」

俺の部屋に上がっても——かろうじて換気と最低限の片付けはした——先輩はずっと抱えたままのノートを手放そうとはしなかった。

「ルール破っちゃったから、今度偽ラムネ一気飲みする」

「あ、いや、それはいいんですけど……」

こっちはそのままドロンされるかと思っていたので、会いにきてくれただけで気持ちは楽だ。

「読みました」

と、急に居住まいを正して、葵先輩はノートを床においた。

「あ、はい」

耳が熱くなって、俺はうつむいた。

「お祭りの件」

「はい」

「……行こう、かな、と思います」

なぜかそこで微妙に声が小さくなるので顔を上げると、先輩もうつむいていた。

「……それ言うために、わざわざ来てくれたんですか?」

「だって。今ノート戻すの、ずるい気がしたから」

「別に、よかったのに」

「だめ。……それで?」

「え?」

「だから……行こうかな、と思います。お祭り」

返事を期待されているのだと気がつくのに、三秒ほどかかった。

なんで誘ったはずの俺が返事をしなくちゃいけないんだろう、と思いつつ俺は答えた。

「あ、はい。行き、ましょう」

葵先輩が顔を上げて、少しふてくされた。

「なんでそんな微妙な顔なの」

「え。いや……先輩、お祭り苦手だって言ってたし、今朝はノートなかったし、ひょっとして嫌々なのかなって……」

「そんなことない」

と言う先輩はまだ少しふてくされている。

「ラムネ飲みたいし。焼きそばもリンゴ飴もかき氷も食べたいし」

「……食べ物ばっか」

ぽつりとつぶやくと、葵先輩はそっぽを向いた。

「どーせ食いしん坊ですから」

紅潮したその横顔が照れ隠しなのだとようやく気がついて、俺は笑った。

*

八月一日。

後輩くんへ。

お祭り、行くことにしました。さっきも言ったけど、一応書きます。ノート持って帰っちゃってごめんね。罰は今度受けます。

明日は、六時に駅前で待ち合わせ。でも私、遅れるかもしれない。女の子は色々準備があるのです！

でも十分遅れても来なかったら、迎えにきてください。催促しないとさらにさらに遅れると思うので。住所は――。

駅から歩いて二十分ほど。ほとんど一本道だった。祭りへ向かうと思《おぼ》しき人とすれ違うが、とうとう先輩とはすれ違うことなく葵家へたどり着いてしまう。チャイムを鳴らすと出てきたのは母親らしき女性だったが、あまり先輩とは似ていないと思った。

俺のことは葵先輩から聞いていたようで、

「ちょっと待っててね。すぐ来るから」

そう言って引っ込んでいった後のやり取りが、半開きの玄関から全部漏れ聞こえてくる。

「透子ー、彼氏来たわよ。まったく、浴衣《ゆかた》が着たいなんて急に喚き出すから……」

「喚いてない！　あと彼氏じゃない！　聞こえるでしょ、変なこと大きな声で言わないで！」

「アンタも声大きいわよ」

「あれっ。コンタクトどこ⁉」

「さっき入れてたでしょ。自分の視力で気づきなさいよ」

「あ、そっか」

そこでもう一度母親が出てきて、

「ごめんねえ、バタバタして。学校行くときも毎朝こんななのよ」

「……はあ」

おしとやかな容姿に反して、色々スマートじゃないのはもう知っている。

「お母さん変なこと言わないでってば！」

そう叫びながら葵先輩が飛び出してきて、俺を見て恥ずかしそうに「お待たせ」と言った。


「なんか失礼なこと考えてるでしょ。なに、さっきからチラチラ見て」

道すがら、先輩が突然そんなことを言った。

「えっ、違いますよ。浴衣似合うなあ、って思ってただけです」

沈丁花《じんちょうげ》の柄の、少し大人っぽい浴衣は、それだけ見るとあどけない先輩には不釣り合いに見えるが、実際に着ているところを見るとよく似合っていた。本当に、そう思っているのに。

「君に言われると、なーんで信用できないんだろうなあ」

先輩は目をほそーくして俺のことを睨んでいる。

「ノートの方が、素直だよね」

「え、そうですか？」

「そうじゃない？　直《じか》に話してると、なに考えてるかわかんないとこあるよ」

「そうかなあ……でも先輩も、ノートの方がテンション高いですよね」

「いっつも真顔で書いてるんだけどなあ」

そういうことじゃない。

「きっとお互い下手《へた》なんですよ。感情を表に出すの」

「そういうことかなあ……」

駅前の明かりが見えてくる頃には、七時近くになっていた。さすがに辺りもうす暗くなってきている。祭りに向かう人よりは、帰ってくる人が増えてくる時間帯だ。

近道の石段を降りながら、ふと思い出したことを訊いた。

「そういえば先輩、生田先生に俺のこと訊いたってホントですか？」

「えっ、えっ、なんで知ってるの」

いつかも見た反応だなと思う。

「俺、数学の補習受けてるんで」

「数学の補習……？」

ものすごく胡乱《うろん》げな顔をされた。生田の授業が甘いことは、ウチの高校ではけっこう有名だ。

「すいませんね、俺バカなんです。悪友と二人で赤点ボーイズって呼ばれてるんで」

葵先輩は笑った。

「なるほどね。真面目な不良少年」

「ホントだったんだ」

「ごめんね。ちょっと気になったの。私なんかと仲良くしたいって思ってくれてるのは、ノート読んでてもわかったから。他に友だちとか、いないのかなって心配になって」

「余計なお世話ですよ……っていうか、それ言うなら先輩だっていつも一人じゃないですか」

言って、しまった。

石段を降りきっていたが、俺たちは立ち止まっていた。祭りの喧騒《けんそう》がすぐそこにある。お面を被った少年や、水ヨーヨーを手にした子供が目の前をはしゃぎながら駆けていく。ソースの焦げるいいにおいがする。夜店のテントの上には、白くもやのように煙が滞っている。

恐る恐る横を見ると、先輩は目を伏せていた。

「……うん。そうだね」

一瞬、それ以上訊くのをためらった。俺は頭をブンブン振った。

「なんでですか？」

「生田先生に、なに聞いた？」

「訊きました。先輩はどっか悪いのかって」

葵先輩は、変な顔で笑った。

「目ざといんだね」

先輩が歩き出したので、俺も後ろをついていく。人混み、というほどの人出ではないが、それでもそのまばらな雑踏に紛れると、小柄な先輩の背中はすぐに見失ってしまいそうになる。

「俺のこと、絶対名前で呼ばないですよね。なんでですか？」

ノートでは、いつも後輩くん。それ以外でも、君とか、身長百七十二センチとか。そんなんばっかりで、俺は一度も名前で呼ばれたことがない。

「名前で呼ぶと、一気に距離縮んじゃう気がして」

それの何がいけないのだろう。俺は少し大声になった。

「今日くらい、呼んでくださいよ。渡でも、成吾でもいいですから」

先輩が振り返った。

泣きそうな目だと思った。どうして？

「……ワタリ、くん」

震え声。

「はい」

俺の返事も震えていたかもしれない。

「……私ね、友だち作らないようにしてるの」

先輩はうつむいて、両手の人差し指の先端を絡ませてくるくると回し始めた。

「どうしてですか」

「私がいるとね、みんな気を遣うから。楽しめなくなっちゃうの。みんなが私のレベルに合わせなくちゃいけなくなる。それって、たとえそれでもいいよってみんなが言ってくれたとしても、私にはすごく苦しいことなの」

「お祭りが苦手だって言ってたのも、本当は人混みとかじゃなくて、内輪の祭りで一人で浮くのが嫌だったからですか」

鋭いね、と先輩は笑う。

「先輩は、自分の価値を下げ過ぎです」

と、俺は言った。

「前にスポーツ飲料水買ったときも、私なんかが買っていいのかなって。そう言いましたよね。自分のこと、私なんかが、なんて言うもんじゃないです。運動部のやつらと、先輩の価値が、どれほど違うって言うんですか。飲みたかったら買っちまえばいいんですよ」

少し怒ったような口調になっていたかもしれない。

「私なんか、なんだよ」

くるくると回っていた指が止まる。右手が上がって、左胸のあたりを押さえる。前髪に隠れた表情はよくわからなかった。右手がぎゅっと浴衣を握りしめて、綺麗な沈丁花にしわが寄る。

「……あのね」

先輩は、意を決したように顔を上げた。

俺をまっすぐに見る目は、前にも一度見たことがある。

二つのビー玉みたいな、澄んだ瞳。

「私、心臓が弱いの」

先輩は浴衣をつかんでいた右手で、自分の左胸のあたりを指差した。

「ここにペースメーカーが入ってるの」

頭がぐらっとした。

自分の心臓に、突然何か異物が入り込んだような——思わず自分の左胸をぎゅっと押さえて、息を止める。ドクン、ドクン、と確かな脈動を感じるのに、それを数えるほどに気持ちは落ち着かなくなる。

ペースメーカー。

いくら赤点ボーイズだって、それが何かわからないほどバカじゃなかった。将来的には文系のつもりだし詳しい仕組みなんかわからないが、とにかくそれが今、彼女の心臓を正常に保っているのだということくらい、わかる。それがなければ彼女が死ぬかもしれない、ということも。

「心臓……」

そんな重たい病気、はっきり言ってよく知らなかった。こんなに身近にいるとは、思わなかった。ドラマの世界だけなんだと思っていた。悲劇のヒロインなんて、フィクションの中だけで十分だ。現実にいるとしても、東京とか、そういうところなんだと思っていた。老人とか、もっと年のいった人が患うものなんだと思っていた。どうしてこんな自然しか売りがないような盆地の、過疎化している、小さな町に、そんな重荷を背負わされた少女がいるのだろう。なんでそれが、よりにもよって先輩なのだろう。

「だから激しい運動とか、できない。別にちょっと走るくらい、大丈夫なんだけどね。でも親がダメって。先生もダメって。携帯もね、最近のペースメーカーは全然、電波とか影響ないって、言われてるんだけど。それでもダメだって」

「前に海に入ったら死ぬって……」

「うん。浸《つ》かるくらいなら平気だけど、あんまり激しく腕を動かすと、リード線が外れちゃうかもしれないから……泳げない」

先輩は軽く言ったが、たぶんわざと軽く言ってくれているんだろうと思った。

「でも安静にしてれば、普通の人と変わらない生活送れるの。世の中にはもっとひどい心臓の人もいる。私なんか全然、マシな方」

また「なんか」だ。

言葉を失っていた俺は、とっさに言い返した。

「普通の人と変わらない生活、送れてないじゃないですか」

言いつのった。

「友達作らないようにして、体育見学して、本当はみんなでワイワイするの、好きなくせに」

先輩が眉を落とす。ほら、そんな顔をして、と思う。全然、自分でも納得してないんじゃないですか。

「全人類の前で、とは言わないです。でも俺の前でくらい、自分のせいで気を遣わせてるとかって思わないでほしいです。今日、俺が先輩に合わせるのは、気を遣ってるからじゃないです。先輩と一緒にお祭り行きたいからです。疲れたら言ってください。きつかったら言ってください。ちゃんと休みます。ちゃんと助けます。気づかいとかじゃなくて、俺がそうしたいからそうします。それじゃ、ダメですか？」

先輩の目の奥がキラキラと潤んで、そのままビー玉みたいな瞳が溶けて、涙が零《こぼ》れ落ちるんじゃないかと思った。

「……うん。わかった。じゃあ迷惑かけるかもしれないけど」

先輩が差し出してきた手を、自然に握れた。

「はい。迷惑かけられます」

ちょっとカッコつけて言うと、先輩はナニソレと笑った。

ラムネを二本買った。焼きそばも、リンゴ飴も、かき氷も買った。食べきれないよ、と葵先輩は苦笑した。ラムネを開けるのは久々だったみたいで、全然上手《じょうず》に開けられていなかった。

「やっぱりおいしい」

と、ご満悦だ。

「サイダーとの違いって、なんなんだろう」

「中身は一緒だって言いますよね。入れ物の違いだって」

「えー、絶対そんなことないよ。ラムネの素《もと》とか使ってると思う」

「砂糖と、香料と、炭酸ガスでしょ」

「夢がない！　ラムネはラムネの素なの！」

先輩は頬を上気させながら、断固として主張する。

「じゃあ、そういうことにしときます」

俺は笑いながらラムネの瓶を持ち上げて少し振り、その音色に耳を澄ませる。瓶の硝子《ガラス》はあまり音が反響しない。周囲のざわめきに紛れて、炭酸のはじける音はよく聞こえない。気がつくと先輩が背伸びして左隣で耳を澄ませていた。俺は少し膝《ひざ》を曲げて高さを合わせる。

「聞こえる？」

「聞こえないですね」

「やっぱりあの音は偽ラムネじゃないとだめなのかな」

「缶がいいのかも。それにここはちょっとうるさいですし」

先輩は自分の空になった瓶を提灯の明かりにかざして、軽く振る。ビー玉のからりん、という音がする。風鈴《ふうりん》の音に、少し似ている気がする。

「このビー玉。欲しくなるよね」

「子供じゃないんですから……」

「記念に欲しい。取って」

「えー……これ、ねじって取れるやつかな」

「取ったやつ、あげましょーか」

後ろから声がしたと思ったら、多仁だった。ニヤニヤして俺を見てから、葵先輩に手を差し出す。ビー玉が載っている。

「さっき取ったやつ。よかったらあげますよ」

葵先輩がキョトンとしたので、俺は慌てて多仁を紹介した。

「あ、コイツさっき言った悪友です。赤点ボーイズの片割れ」

「おい、なんだその紹介の仕方。もっと言葉が、」

「あ、赤点ボーイズの」

葵先輩にそれで納得されたことにいたく憤慨したらしく、多仁は渋面になる。

「ビー玉ありがとう。でも、いいや。このビー玉が欲しいの」

と、葵先輩は自分の瓶を振った。

「別に変わらないと思いますけど」

「ビー玉が欲しいわけじゃないから。これ渡くんが買ってくれたやつだから、その記念」

「ああ、なるほど」

なんで二人してニヤニヤしてこっちを見るのだろう。

「蓋《ふた》、頑張って引っ張れば抜けるよ。取ってやりなよ」

と多仁は言って、俺の背中をポンポン叩いた。

「あっちで須藤が焼きそば作ってた。もう行った？」

「行った行った。山盛りにしてくれた」

「クラスのやつらが後でだるま公園で花火やるって。来る？」

「んー、今日はいいや」

「おっけー。じゃあ、また」

多仁は葵先輩に愛想のいい笑顔を向けると、

「コイツ表情にあんま出ないですけど、今日はこう見えてめっちゃテンション高いですよ」

と余計なことを吹き込もうとするので尻を蹴飛ばした。


結露と、開けるときにあふれたラムネで滑る瓶から蓋を引っこ抜くのは容易ではなく――男として情けない話だが――俺はビー玉を取り出せなかった。捻《ひね》っているうちに一度手を滑らせて落としてしまった瓶は、底の方に星形のヒビが入った。けれど葵先輩はそのヒビが気に入ったらしく「瓶ごと持って帰るね」とラムネ瓶を大切そうにビニール袋に包んで巾着《きんちゃく》に詰めた。先輩が歩くたびに、巾着の中で瓶にぶつかって跳ねるビー玉の音が、からりん、からりん、からりんと軽やかにこだまする。先輩はうふふふと妙にうれしそうな笑顔を浮かべていた。

「ラムネ、小さい頃はよくお祭りいって飲んでた。あの頃もビー玉取り出して集めてたはずなのに、いつのまにか失くしちゃうんだよね」

「今でも失くしそうですよ、先輩は」

妙なところで、子供っぽい人だから。

「失礼だな。今度は失くさないよ。瓶だし」

先輩は「絶対」と言う。

少しずつ人気がなくなっていった駅前広場に、俺たちはいつまでも残っていた。やがて最後の屋台の明かりが消え、ぽつぽつ彷徨《さまよ》っていた酔っ払いたちもいなくなり、しんと静まり返ったバスプールの、二十一番ロッカーの前に二人で腰掛けていた。夜に聞く風の音と、木々のさざめきは、不思議と「静寂」というニュアンスに含まれる感じがする。そうでなくたって静かな町なのに、人の気配がまったくしないと、もはやこの町に自分たちだけしかいないかのようだった。

「……ノート、持ってる？」

先輩が訊いた。

「はい」

俺は鞄から交換ノートを取り出した。昨日先輩から受け取って、そのまま俺が持っていた。これである意味、二人ともルールを破ってしまったことになる。

「でも俺、まだなにも書いてなくて」

「いいよ。私、今日のこと書きたいから。貸して」

「感想なら、今言ってくださいよ」

どうせなら、先輩の口から聞きたい。

葵先輩は少し困った顔をした。俺もたぶん困った顔になった。

「……つまんなかった、ですか？」

先輩がブンブン首を横に振った。

「ううん、楽しかったよ！　すごく、楽しかった。来てよかった」

「じゃあ、なんでそんな顔」

先輩は眉尻《まゆじり》を落とした。

「……楽しかったけど、きっと、二度とないだろうなあって思って。今感想言ったら、楽しさより寂しさが勝っちゃう気がするなあ」

「どうして二度とないなんて」

「だって……」

先輩は自嘲《じちょう》気味に笑う。

「私は、普通じゃないもの」

察してよ、みたいな顔をした。

察したくない。そんな顔。

そんなに卑下しなきゃいけないものなのか。なんの異常もない体を持っている俺が、言えたことじゃないのかもしれないけれど。そんなに、コンプレックスになり得るものなのか。傍目《はため》には、なんの変哲もない、フツウの女の子なのに。

学校で、いつも一人でいる先輩。

自分のことを、「私なんか」と自嘲する先輩。

その言葉の陰には、強烈な劣等感がある。こうしたい、ああこうしたいと、たくさん思っているのを押し殺して「私はいいよ」と一歩身を退《ひ》いている。「私なんか」と遠慮している。だけど本当は、とても無邪気な人なんだということも、俺はすでに知っている。

きっと昔、嫌な思いをしたことがあるんだろうな、と思った。俺にできることはきっと、それを上書きするくらい、いい思い出を作ってあげることだとも思った。

「来年も来ましょう」

と俺は言った。先輩が目を瞬いた。

「再来年《さらいねん》も、その次の年も。一緒に夏祭り、行きましょう」

「いや、でもそれじゃあまるで……」

先輩の顔が赤くなっているのが、わずかな月明かりでもわかった。なにを言おうとしたのかも、なんとなくわかった。

「葵先輩、俺と付き合ってください」

たぶん、とても普通に言えた。

「先輩のことが好きです」

とても、素直に言えた。

先輩はしばらくなにも言わなかった。うつむき加減の顔に、すっと前髪が垂れて、表情は見えなかった。

「……私、めんどくさいよ？　わがままだし」

やがて、先輩はそんなことを言った。

「知ってます」

きっと体のことだけじゃない。でもそれを含めて、俺は葵先輩のことが好きだ。

「きっといっぱい迷惑かける。嫌な思いさせる」

「それくらい、全然。甘えていいです」

「甘えていいなんて言ったら、きっとすごく甘えるよ？　私の甘えるって、重いよ。迷惑かけるってことだから。それでも、私なんかでいいの？」

「なんかじゃないです」

俺はキッパリ言った。

「先輩が、いいんです」

先輩でいい。じゃなくて。先輩が、いい。

どこかで花火の音がした。本格的な打ち上げ花火じゃなくて、市販の、大して大きくもない玩具《おもちゃ》花火。静寂にひびを入れる音。少し強い風が吹いた。風向きは追い風だった。峰北を囲う山がざわめいている。電柱の上で、電線が揺れている。空の上で雲が風に追いやられて、月が翳《かげ》った。

先輩がうつむいたまま、あまりにも返事をしないので、俺は名前を呼んだ。

「透子さん、」

ぱっと顔を上げた先輩の顔に、一筋の月光が差した。顔は赤くなっていなかった。

でも、目が赤い気がした。

「って、呼んでもいいですか」

付け加えると、ちょっとだけ笑ったように見えた。

「……透子、でいい」

そして俺たちは——それが自然であるように、静かに唇を重ねた。

現在4

東京に戻ってすぐ、交換ノートに「お祭りはどうでしたか？」と書き込もうとしたが、八月一日は確か俺の番だった。今書き込むと、過去の俺に見られることになる。シャーペンを手放し、数日ぶりの自室のベッドに腰掛ける。なんだかどっと疲れが出た気がして、俺はそのまま仰向けに倒れ込んだ。

携帯電話を見ると、時刻はすでに午後七時を回っていた。一月十二日。ノートの向こう側では、八月一日の朝頃。俺の記憶……そして、ノートの記述の通りであれば、この日透子は俺の家へきて、お祭りに行くことを承諾した。八月一日のノートの記述は確認したが、変わっていなかったので、現在の俺と四年前の透子とのやりとりによって、過去が変わったということはなかったようだ。ほっとしたような、心がガサつくような……。

四年前の明日、俺と透子は夏祭りに出かける。そして、俺は透子に告白する。

八月二日のノートを開いた。透子の記述だった。

八月二日。

成吾くんへ。

名前で呼ぶの、なんか気恥ずかしいので、しばらくは「くん」付けで許してください。今日は……色々あったね。ありがとう。本当に楽しかったです。お祭りに行ったのは、小学校以来とかだったと思う。ラムネ、とってもおいしかった。でもさすがにちょっと食べ過ぎだったかも……。

今日のノートは、少し長くなります。読んだら重いって思うかもしれない。めんどくさいって思うかもしれない。でも君の言葉を信じて、甘えてみることにしました。私の背負っているものを少しだけ一緒に背負ってください。

私の、心臓についてです。

俺は神経質に右ポケットの中で指を弄《もてあそ》んだ。

透子がペースメーカーについて打ち明けてくれたのは、夏祭りの最中だった。四年前の俺は明日、彼女が抱えているものの重みについて知ることになる。彼女は一緒に背負ってくださいと言ったけれど、結局俺はそれを半分だって背負ってやれなかった。口ではたくさん立派なことを言った覚えがある。でも、本当に口先だけで、俺は彼女に対して、いったいなにをしてやれたのだろう。

私の心臓は、完全房室ブロックによる徐脈性不整脈という病気です。幼稚園のときに、ペースメーカーを入れる手術をしました。手術に前後して一年ほど、幼稚園を休んだので、実は同学年のみんなより一歳年上です（なので成吾くんよりは、二歳お姉さんということになりますね）。

完全房室ブロックというのは、心臓を脈動させるリズムを生み出す電気刺激が、正しく心室に伝わらない病気です。心臓の中に、心房、心室という部屋があるのは知っていますよね。私の心臓では、その心房と心室の間で、電気刺激が完全に途絶えてしまっているのです。

心室の動きが鈍いので脈拍が遅くなり、結果的に不整脈の中でも徐脈と呼ばれている症状が起きます。これは一般に、一分間の脈拍が六十以下の状態です。クジラの心拍数がどれくらいか、知っていますか？　一分に、十回も打たないそうです。そこまで極端ではないけれど、私の心臓も普通の人間に比べると、だいぶ心拍数が少なめです。

徐脈になると血液、つまり酸素が脳にいかなくなるので、めまい、ふらつき、失神といった症状が出ます。運動するのも危険です。運動すると普通、心拍数が上がります。全身に酸素を供給するために、心臓の心房と、心室の収縮が盛んになるからです。でも私の場合、さっき書いた通り、心房から心室へ、筋肉を動かすための電気刺激が伝達されません。なので運動した際にも、心拍数が上がらず体や脳に酸素が行き渡らないということが起きます。最悪、死にます。

それらもろもろの危険を防ぐために、私の体にはペースメーカーが入っています。ペースメーカーは、私の心室に本来送られるはずの電気刺激を代わりに作り出し、心室を動かしてくれる機械です。私の脈拍を、整脈にしてくれています。おかげで基本的には、他の人となにも変わらない生活が送れます。

もちろん、万全ではありません。ペースメーカーの寿命があるので一生病院通いだし、激しい運動とか、強い電波が出るような場所にはちょっと行けない。ペースメーカーが入っていれば機械が心臓の状態を計測して、必要に応じて電気刺激を生み出してくれるけど、この電気刺激も、機械に設定されている範囲でしか発生しません。平たく言えば、上限と下限があります。最近のペースメーカーは進歩しているので、この下限と上限の幅は比較的広くなっているけど、それでも特に腕の付け根を激しく動かしたり、胸部に接触のあるようなスポーツをすると、ジェネレーターから心臓に繋がっているリード線が外れる可能性があるので、結局運動は制限されています。リード線が外れれば、ジェネレーターはただのガラクタと化してしまうからです。

私が心臓に爆弾を抱えていることは確かです。確率的にはものすごく低いけれど、ペースメーカーが故障する可能性だってあります。なにかの拍子にぶつかって、リード線が切れたり、本体が壊れてしまう可能性だってないわけではありません。この先、他にも何か、心臓に疾患が見つかるかもしれません。

突然死、なんてことはないと思うけれど、やっぱり君とまったく同じようにというわけにはいかないと思います。両親にとっての私はどこまでいっても心臓の弱い娘で、そのことが成吾くんに何かと窮屈な思いをさせることはあるでしょう。私自身が元気で、大丈夫でも、私に貼られているラベルが、君に嫌な思いをさせることがあるでしょう。それでもいいですか、と訊いたら、きっと君はしつこいって笑うのかな。

赤点ボーイだけど、本当は賢い君のことだから、色々考えて今日の言葉を言ってくれたんだと思います。とても嬉しかった。私も、できるだけ私のことを君に知ってほしいと思って書きました。気を遣わせている、と思わないようにするのは、すぐには難しいけれど、なるべく自然に甘えられるように頑張ります。……甘えるのを頑張るって、変かな？　でも頑張ります。これからもよろしくね！

あの頃君は、幸せだったのだろうか。
俺が君に、いったいなにをしてやれた、透子?

*

翌一月十三日。今日の夜、交換ノートの向こう側では八月二日になる。俺の記憶では交換ノートは祭りの後、二十一番ロッカーに置いていかれた。時刻にして夜十時頃。透子が長々とノートに書き込んでいて、俺には三日になるまで読んじゃだめ、と釘を刺したのを覚えている。それが彼女の心臓に関する記述だった。きちんと翌日になってからノートを取りにいって、それを神妙な心持ちで読んだ。
十四日の朝十時頃——つまり向こうでは八月二日の夜の十時頃——は、確実に彼女の手にノートがある直近のタイミングだった。仮に彼女が俺の記述に気がつかなかったとしても、四年前の俺がノートを見にいくのは八月三日の朝以降だから、それまでに内容を消せば見られることはないし、そもそも既に繋がっていないのだとしたらその心配もない。とにかく俺は一刻も早く確かめたかった。このノートが、四年前の透子とまだ繋がっているのか。本当に、今の俺とのやりとりによって過去が変化しなかったのかを。

十三日の夜に多仁から電話があった。今までなら出なかったが、峰北町で多仁と話をしてしまった後ではさすがに無視できなかった。

「はい」

『お、出た出た。無事ついたかなと思って』

コール三回目で通話ボタンを押すと、スピーカーの向こうから多仁の声がする。電話越しの声が、知り合いの声なのに知らない人のように聞こえるのは、たぶん電話慣れしていないせいなのだろうなと思う。

「安否《あんぴ》確認なら昨日かけてこいよ」

東京についたのは昨日だ。

『こっちも色々あんの。まあ、無事ならいいやな』

声のトーンに、微妙に憂慮の色を嗅《か》ぎ取る。

「……帰るとき、俺まだ青い顔してた？」

駅まで見送りにきてくれたのは多仁と須藤だ。

『ん。まあ、なんか思いつめた感じではあったから。葵先輩に線香あげにこい、なんてジョーカー切って呼び戻したの、俺だし。その後で自殺でもされたら寝覚め悪いから』

最後の一言は冗談のトーンだったが、敢《あ》えて言った感じがした。

「死にやしないよ」

と、短く答える。

「ちょっと考え事してただけ」

帰り際は、ずっとノートのことを考えていた。過去と繋がっているかもしれない交換ノートを使って、過去を変えられる可能性について。

「……なあ、多仁」

『ン？』

馬鹿なことを訊こうとしているのは自覚があった。

「もしもだけど……過去が変えられるとしたらどうする？」

『おいおいやっぱ思いつめてんじゃねえか。タイムマシンの開発でも考えてんの？おまえ文系だろ？』

「考えてないし、理系でも無理。たとえばの話だよ」

『ソータイセーリロンってそういう話じゃないの？』

「さあ。須藤に訊けば」

彼は高校の頃物理を学んでいたはずだ。相対性理論を、高校で習うとも思えないけど。

『あいつに作れるのは焼きそばくらいだよ』

多仁が笑う。それは言えている。須藤の作る焼きそばは美味《うま》い。できるかわからないタイムマシンよりもずっと有益で、人を幸せにする。

『過去を変えるねえ……そういうのってさ、タイムパラドクスとか起きちゃってやばいんじゃないの？　俺あんま詳しくないけど』

ほらあれだろ、と多仁が声のトーンを少し落とした。

『……過去を変えると未来の自分が消えるかもしれないとか、そういう話』

「ああ、あるね、そんなの」

親殺しのパラドクスは、未来からきた子供が自分の親（ないし祖父）を殺した場合に生じる代表的なタイムパラドクスの一つだ。子供が過去へ移動し、親を殺す。そうすると当然、未来では子供――つまりタイムトラベルした殺人者が生まれないことになる。だが、その殺人者が生まれないのであれば、そもそも親は死なない。じゃあ未来から来たおまえはいったい誰だ、ということになる。理論的に成立しない。

『そう、そういう話。だからタイムトラベルは無理だって、言われてるんじゃなかったっけ』

確かに言われている。だが、その程度のことはすでに先人も考えている。

「パラドクスが生じない解釈は、いくつかあるよ」

『たとえば？』

「たとえば……代表的なのは、パラレルワールド説とかかな」

タイムトラベルで戻った過去が、実は元いた世界ではなく並行世界の過去で、だからその世界の親を殺しても自分の存在は消えない、という解釈だ。この場合、当然その世界の未来で、その世界の自分が消えることにはなる。

「他には、過去に戻っても過去は変えられない説」

この場合、過去へ戻っても何らかの力によって決して親を殺すことができない。過去を変えようとする行為に対して、妨害の力が働く。偶然のように思える幸運が重なって、因果律《いんがりつ》が親を守ることになる。

『詳しいな。SF好きだっけ』

「人並みには」

教えてくれたのは、透子だけど。

『人並みじゃねえよ、その知識は』

電話の向こうで多仁が笑った。

『まあ……そうだなあ。最初の質問に答えるけど、俺だったら過去を変えたいなんて思わないかな』

「なんで？」

なんで、ってなあ、と電話の向こうで多仁が顔をしかめた気配がした。

『過去を否定するってことはさ、今を否定してるってことだろ。今が悪いのは過去が悪いからだーって。でも俺はさ、〝今〟の悪いとこは〝今〟治せると思うんだよ。過去なんか変えなくたってさ』

「大切な人が死んでも？」

つい、本音がポロリとこぼれたが、多仁の声音《こわね》は変わらなかった。

『葵先輩が死んだことは、そりゃあ過去にでも戻らなきゃ変えられないよ。けど〝今〟悪いのは、葵先輩がいないことじゃない。おまえがいつまで経っても暗い顔して、立ち直れないでいることだ。それは〝今〟治せることだよ』

俺は言い返せなかった。たぶん、正しいと思ってしまったからだ。頭の中で透子が、ウンウンと大きくうなずくのが見えてしまった。

『葵先輩のことを忘れろとは言わないよ。むしろ忘れるな。ずっと忘れるな。だけどそろそろ、お別れはしろよ。おまえがいつまで経っても未練がましく裾引っ張ってたら、彼女だって成仏できないだろ』

じゃあな、またかける、と多仁は通話を切った。

そうかもしれないと思いながら俺は電話を下ろした。

あの交換ノートは、俺の未練が四年前に繋いでしまったのだろうか。透子を忘れようと、考えないようにしようと、必死で切り離してきたつもりで、ちっとも断ち切れていなかった未練——故郷に帰った途端、糸がつながってしまった。まるで、呪《のろ》いみたいに。

*

お祭りはどうでしたか?

十四日の十時頃に交換ノートに書き込んだが、結局返事は来なかった。お昼頃になってから書き込みを消す。やはり、もう過去とのつながりは切れてしまったのだろうか。峰北町を出てしまったから？　あるいは透子が気づかなかっただけという可能性もあったが、なんとなく繋がりが切れてしまったような気になる。

今日、透子が四年前の俺とキスをしたのかと思うと変な気持ちになった。同じ俺のはずなのに、四年前の俺を自分だとは思えない。祭りに行かないように言えばよかった、などと思ってしまうのは、過去を変えるチャンスを逃したかもしれないという後悔の他に——わずかだが確かに嫉妬《しっと》を含んでいる。

透子は俺と付き合わなければ死ななかったかもしれない。だけど俺と透子が付き合っていなければ、今のこの感情も生まれなかったはずで、そもそも過去を変えたいなんて気持ちが起こらない……これも結局のところ、タイムパラドクスなのだろうか。

翌日。大学には行ったが授業にはろくに集中できず、途中で抜け出してキャンパス内のカフェテリアでだらだらと時間を過ごした。テラス席には一月の冷たい風が渦巻いている。どこかの掲示板から剝がれてきたらしいサークルの勧誘チラシがくるくる踊っている。カフェテリアの硝子には、亡霊のような、生気のない顔が映っていた。自分の顔だと気がつくのに、十秒くらいかかる。

死にやしない、と多仁には言った。ウソじゃない。だけど死のうと思ったことが、なかったとも言えない。

二年前。東京にきてから、一人でいる時間が増えた。峰北町や、多仁や、須藤や、透子の家——そういうものを切り離して、忘れようとして、遠くへきたはずなのに、八王子の1Kの六畳間で一人ぽつんと座っているとき、俺の意識は記憶の底に封じたはずの彼女との思い出ばかりを拾ってこようとする。違う、そうじゃない、やめろ——そういうとき、俺は苦手なホラー映画をつける。夢に出るとしても、眠れるだけこっちの方がマシだ。だけどそれでもダメなときは——死について、考える。自殺しようとしたわけじゃない。ただ漠然と死について考えることは、不思議と心が落ち着いた。そういう思考を重ねるごとに、自殺を図ったわけでも、不治の病を患ったわけでもないのに、どんどん死に近づいていく感じがした。そして、自分が透子を死に追いやったかもしれないという罪悪感を、そのときばかりは妙に心地よく感じる。

今の俺がダメなところは、今治せる。

多仁はそんなふうにも言ったが、やはり俺にはそうは思えなかった。過去を変えて、透子が死なない未来を作り直す——それ以外に、自分が心から笑える未来を想像できなかった。

家に帰ってからノートを開き、その気持ちはますます強くなる。

透子からの、書き込みがきていた。

八月四日。

山口さんへ。

こないだはありがとうございました。お祭り、行ってきました！　行ってよかったです。すごく楽しかったです。

それから昨日、確かに地震がありました。びっくりして起きたらベッドから転げ落ちてしまいました。本当に未来の人なんですね。

自分で名乗っておいて、山口さんと呼ばれると違和感しかない。

地震は天災なので、自分が少々干渉した程度で歴史が改変されることもないだろうから、あまり有益な情報ではなかった。重要なのは、お祭りの後の出来事が、四年前と同じ結果になったのか、ということだ。

一月十五日。

葵さんへ。

お祭り、よかったですね。後輩の子とは仲良くなれましたか？

後輩の子には……なんと、告白されました！　びっくりです。普段全然なに考えてるかわかんないようなクールな子なのに、なんだかカッコイイことばかり言うので、二重にびっくりです。でもすごく嬉しかったです。

お返事は、したのですか？

はい。付き合うことになりました。……ってこれも、ひょっとしてそっちの交換ノートにすでに書かれてることなんですか？　恥ずかしいなあ……。本当に、本当に、あんまり見ないでくださいね？

透子は字に感情が現れる。四年前もそうだった。俺と付き合うことになって嬉しい、というのは俺としても嬉しいはずなのに、やはりモヤモヤするのは彼女が付き合うことになるのが四年前の俺だからか。

そうですか。おめでとうございます。

心なしかドライな返事をして、一度ノートを閉じる。

ここからが問題で本題だった。過去を変えるためには、彼女に四年前と同じ行動を取らせてはいけない。彼女の死をなかったことにした時点でタイムパラドクスはどうしようもなく生じるだろうが、それでもなるべく他のことは変えないようにしたい。

だったら、変えるべき歴史の分岐点はたった一つだ。

たった一つ。それを変えるだけで、透子は死なずに済む。世界にとっては些細《ささい》な改変だ。それくらい、許されたっていいだろう？

多仁の言葉が耳の奥に残っている。でも俺は、聞こえないフリをする。再びノートを開き、シャーペンの先端を紙面にくっつけた。

ほんの少し迷ってから、芯先《しんさき》を走らせた。

葵さん。よく聞いてください――。

過去4

葵先輩——改め、透子は確かにわがままだった。というより、最初期はおそらく、意識的にわがままを演じていた。どれくらい甘えていいのか、自分でもわかっていなかったのだろう。俺を、そして自分を試すように、しばしば無茶なことを言った。俺は根気強くその無茶に付き合い——具体的には真夜中の学校に肝試しと称して忍び込んだり、当たりが出るまで一緒にソーダバーを食べさせられたり、それから……偽ラムネの一気飲みも、二人でやった。それはもう、盛大にむせた。

発想が子供だな、と最初は思っていた。でもすぐに、透子はそういうことを今までしてこなかったのかな、と思うようになった。件《くだん》の……手術を受けたのは、幼稚園の頃だと言っていた。幼稚な提案ばかりしてくるのは、きっと彼女がその時代にやり残したことをやっているんだろう。だから俺は彼女のわがままにはなるべく反対せずに付き合うことにした。

一方で、俺は些細なことに神経を尖らせていた。近くで携帯を使わないとか、やたらゆっくり歩くとか——言い方はあまりよくないが、要するに透子に合わせてレベルを下げる、ということだ。私のレベルよりもさらに低いよ、と透子は笑うけれど、俺はまるで自分の方がペースメーカーを入れてるみたいに、そういうことに神経質になっていた。お祭りのときまではフツウの女の子なのに……なんて思っていたのが、彼女の病気について詳しく知ってしまった今はまるで繊細な硝子細工扱いだ。

なるべく普通にしたい、というのは付き合う前から聞いていたことだ。だが、電車に乗ったり、人混みを歩いたりするとき——この世界ではひっきりなしに様々な電波が飛び交っている。そうでなくとも、なにかの拍子に誰かの肘《ひじ》や、鞄の角が、悪意はないとしても彼女のペースメーカーに当たったりしてなにか不具合を起こしたら——そんなチャチなもんじゃないよ、とやっぱり透子は笑うが、比較的浅いところに埋まっているペースメーカーは皮膚の上から触れれば硬く、その存在がはっきりとわかる。ましてや小柄な透子にとって、大概の大人の肘は、ちょうど胸のあたりにぶつかるのだ。

それで俺は、盾になるように何かと彼女の左前を歩くようにしていたのだが、ある日それに気がついた透子が歩みを速めて俺の左隣に並んだかと思うと、

「手を繋ごうか」

と、手をがっしり握りしめてきて、それで俺は二度と透子の左側を歩かせてもらえ

なくなった。

「過保護。お母さんみたい」

と透子はふくれつらをする。

「これくらい、守らせてくれませんか？」

「守ってほしいときは言うよ。お守りはいりません」

「お守りなんてつもりは」

「わかってる。でも硝子みたいに扱われると却《かえ》って疲れちゃう」

硝子の心臓には違いないと思うが、頑固なところもある透子は譲らなかった。普通にしたい、という彼女の気持ちは尊重したい。一方でしっかり守ってあげなきゃと思ってしまう自分も確かにいる。俺はしばし、その狭間で板挟みになることとなった。

もう一つ、ぶつかり合いになったことがある。交換ノートだ。俺はもう、交換ノートをやる必要はないと思っていた。実際に会えばいいし、家にいれば電話だってできる。でも透子は、続けたいと主張した。実際のところ、それは男子と女子の価値観のぶつかり合いだったかもしれない。しかし結局のところ、透子の一言でこれも俺が折れた。

「だって今ノートやめちゃったら、いつか見返したときにここがゴールだったみたいになっちゃうじゃん」

むしろスタートでしょ。と、透子はにこやかに言って、俺はその最強の笑顔に屈したのだった。

「片方が書く限りは、必ずもう片方が返事を書くんだよ」

そう約束もさせられた。それじゃあ永遠に終わらないじゃないかと言ったら、終わらせないもんと笑われた。だから俺たちは結局、夏休みの後半もたまに駅前のロッカーで恥ずかしげもなくまっすぐな言の葉を交換し続けた。


八月中旬も終わる頃、透子の家に呼ばれた。彼女の家に行くのは数度目だったが、上がるのは初めてだった。すっかり顔なじみになりつつある優香理さんに挨拶をして、廊下を横切り、彼女の部屋へ。かなり散らかった部屋だった――いつも何かが見つからなくて遅刻する理由がわかった――が、透子は恥ずかしげもなく俺を入れた。かすかに石鹸の――透子の香りがしている。本棚には少女漫画の他にSF小説っぽいタイトルが並んでいて意外に思う。

「SF好きでしたっけ？」

「けっこう。タイムトラベルの話とか、おもしろいよ」

「へえ。タイムパラドクスが云々《うんぬん》ってやつですか」

「うん。成吾は親殺しのパラドクスって知ってる？」

「過去に戻って親を殺してしまうと、殺すはずの自分が未来で生まれないことになって、結果的に親が殺されないことになるけれど、そうすると自分が未来で生まれて——っていう堂々巡りの話ですよね」

「そう。それがあるから、タイムトラベルは無理だって言われてる」

でもね、抜け道があるの、と透子は人差し指を立てた。

タイムスリップした先が、実はパラレルワールドの過去だった説。

タイムトラベルしたという事実そのものが、すでに歴史に織り込み済みだった説。

過去に戻っても、なんらかの力によって過去が決して変えられない説。

少し得意気な顔で、いくつかの抜け道を説明してくれた。

「成吾は、過去を変えられるとしたらどうしたい？」

「俺ですか？　うーん……特に不満はないけど、未来でテストに出る問題を調べて過去に戻れたら赤点ボーイズから脱せるかな……」

「そこは自力で脱しなよ」

「透子は？」

「私は……」

俺はチラリと彼女の顔色をうかがった。透子にはきっと、変えたいと願うことがたくさんあるんじゃないだろうか……。

「私も、別に不満はないかな。だから、過去を変えたいとは思わない」

「……本当ですか？」

「なに疑ってるの。心臓のことは生まれつきだからどうにもならないし、生まれてきたくなかったなんて思ってるんならそれこそ親殺しの話になっちゃうけど、私は生まれてきてよかったって思ってるから」

そこで透子はとびっきりの笑顔を浮かべてこう言う。

「成吾に会えたからね」

なにか恥ずかしいことを言い返してやろうかと思ったが、気の利いたセリフは出てこなかった。透子にはこういうとき、絶対にかなわない。透子はそれを厭味なく、恥ずかしげなく、心から言うから、茶化すことだってできない。

「……話ってなんですか」

だから俺には、せいぜい照れ隠しに話題を振ることしかできない。今日は何か、話があるからということで呼び出されたはずだった。

「あ、そうだった」

透子は机のところに歩いていって、引き出しを開けた。

「これ、見て」

透子が取り出したものは、彼女の小さな手の中にもすっぽり収まってしまうくらいの、小さな金属製の物体だった。なんなのかは、すぐに想像がついた。若干血が固まったような跡があったからだ。

「小学校五年のときに、最初のペースメーカーを交換したの。六、七年で電池の寿命がくるんだけど、結局ジェネレーターを丸ごと替えることになるのね。で、これが幼稚園のときに入れてもらって、小学五年のときに取り出したやつ。初代ペースメーカー」

とっさに脳内で計算していた。小学五年に六、七年を足すと——それぞれ高校二年、高校三年になる。

「来週、また交換の手術があるの。今入ってるやつの寿命がくるから」

透子は自分の左胸の少し上あたりを指差した。そのあたりに少し出っ張りがあって、しこりのようになっている部分があるのを俺は知っている。ポケット、と呼ばれるスペースが皮膚下にあって、そこにジェネレーターというペースメーカーの本体が収まっている。だが実際、どういうものが入っているのかまでは知らなかった。

俺は黙ったまま、透子の手のひらから古いペースメーカーを手に取った。これが埋め込まれたとき、透子はまだ五歳？　六歳？　思ったよりも重たくて、分厚い。ひんやりとした金属の感触は、氷に似ている。これと同じものが、今も透子の体に埋まっている……？

「なんか、サイボーグみたいだ」

ぼつりとつぶやいたら、笑われた。

「君が言うかね。感情表に出さないで黙々と動く君が」

成吾の方がよっぽどサイボーグっぽいよ、と透子は言った。

「前の傷痕《きずあと》開いて、古いペースメーカーをリードから外して、新しいペースメーカーに付け替えて、動作確認したらポケットに戻して縫っておしまい。局所麻酔だし、たぶん一時間くらい。一泊二日の簡単な手術だよ」

「どこの病院ですか？」

「ムーミン谷じゃさすがに無理だから、ちょっと遠くまで」

「俺も行きます」

「いいよ、別に」

透子は微笑んだ。

「一泊二日でお見舞いもないでしょ。ただ、その間は会えないから、ちゃんと言っておこうと思って。成吾、すぐ心配するから」

「しますよ。誰だってする」

「わかってる。ありがとう。でも本当に難しい手術じゃないの。だから大丈夫」

透子は俺の手からペースメーカーを取って、蛍光灯の明かりにかざした。

「これ、どれくらいの重さがあると思う?」

持った時の感覚を思い出す。

「二十グラム……くらい?」

「惜しい。二十一グラム」

透子はもう一度それを俺の手に置いた。グラムを聞いてから持つと、大して重くないような気もした。

「知ってる? 人間の魂って、二十一グラムなんだって」

透子がいたずらっぽく何かを言うときは、大概幼稚なことを考えている。

「……それ、信憑性《しんぴょうせい》ないやつですよ」

マクドゥーガルというアメリカの医師が、人が死ぬ間際の体重を計測した際、死後と生前で生じた四分の三オンス(約二十一グラム)の差異が魂の重量だと唱えた話は俺も知っている。実験そのものの信憑性のなさから、科学的には認められていなかったはずだ。

「知ってる。でも、私の魂はここにあるの。だから私の魂は、二十一グラムだと思う」

「そんなの……」

「おかしい？」

「おかしいですよ。それは人が作ったもので、透子の体じゃない」

「私の体の一部だよ。だから」

俺はペースメーカーを返そうとしたが、透子はそれを押しとどめた。

「だから成吾に持っててほしい」

そこで俺は、透子の手が震えていることにようやく気がついた。

「……本当はね。手術受けるのは、いつも怖い。自分の体を切り開いて、こんな異物入れるのか、って。それが自分の命を守ってくれるのだとしても……合併症の可能性も、なくはないしね」

透子の瞳は、珍しく曇っていた。俺は思わず言った。

「やっぱり行く、病院」

透子はかぶりを振った。

「見られたくないの。自分の、そういうところ。ただでさえ成吾は気を遣い過ぎなんだから、病院での姿なんか見たらもう普通の女の子として扱ってくれないでしょ」

「そんなこと……」

「ないって言い切れる？」

俺は口をつぐんだ。手術そのものを見るのではないのだとしても。病院のベッドに横たわり、点滴をつけられたり、心電図をつけたり——そういう姿を見たら、ああ、この子は病気なんだなと強く印象付けられる。透子はそういう姿を見られたくないと言っている。

「今回は、見ないで。これからも普通の女の子でありたいから、と。代わりに、そのペースメーカー持っててほしい。上手《うま》くいくように、祈っててほしい」

俺は手の中の金属塊を握りしめた。

「それは、わがまま？」

透子は淡い笑みを浮かべるだけだった。

数秒黙って見つめ合っていた。透子が目を逸らさなかったので、強がりではないんだなと思った。

「……わかった」

先に目を逸らしてそう答える。

「ありがと」

透子は足の力が抜けたみたいに、ベッドにストンと座った。

「ねえ成吾。ついでにもう一つ、わがまま聞いて」

「なに？」

透子が何度か瞬《まばた》きした。

「あのね……私、手術が終わったら、海に行きたい」

俺も目を瞬いた。

「海？」

途端に透子の目にキラキラした光が宿る。

「前に、一度も行ったことないって言ったでしょ。行ってみたい。本当の潮騒を、どうしても聞いてみたいの」

学校の、図書室の横の自販機で飲んだ二本の偽ラムネ。缶を振ると聞こえるシュワシュワという音。彼女はそれを潮騒に喩《たと》えた。俺の知っている潮騒よりも、それはずっと美しい、寄せては返す波の音だった。

――嫌だよ。見てるだけなんて。

海に行ったことがないと言った透子に、俺は行けばいいと言った。泳げなくても見ているだけでもいいだろう、と。

——嫌だよ。

そう言っていた。確かに。

「海なんて大していいもんじゃないよ。今は海月《くらげ》出てると思うし」

「それでもいい。行きたい」

俺は苦笑してうなずいた。こっちのわがままは、さっきのわがままよりもずっとかわいい。こんなわがままなら、いくらでも聞いてやれる。

「わかった。行こう」

「やった！　抜糸するまで、水に浸かれないの。だから、手術から一週間後ね。夏休み終わりギリギリかもしれないけど、いい？」

「いいよ。いつでも」

透子はふと眉をひそめた。

「……さっきからなんか敬語外れてない？」

俺は笑った。

「透子がバカなことばっかり言うから。もう年上に見れない」

「えー、ひどいなあ。二つも年上なんだよ！」

「年相応にしないと、敬語使ってあげない」

「なんか生意気になってきたなあ――えい！」

急にぐいっと両腕を引っ張られて、俺は声をあげる間もなくベッドに引きずり倒された。気がつくと透子の顔が目と鼻の先にあって、ちょん、と唇と唇がくっついた。

「ふふふ」

透子がいたずらっぽく笑った。

「……なに笑ってるんだよ」

「ううん。ただ、こういうことは一生できないんじゃないかと思ってたから」

「こういうこと？」

「好きな人ができて、キスしたり、抱き合ったりとか」

言いながら背中に手をまわして、こつん、と頭を胸板に当てた。

「……なにしてんの」

「甘えん坊の真似」

「真似じゃなくて、まんまでしょ」

「んーっ」

グリグリと頭を押しつけてくる。胸元から石鹸のいいにおいが立ち昇ってくる。透子の旋毛《つむじ》しか見えなかったが、なんとなく赤い顔をしているんじゃないかと思った。

透子の華奢な体に手をまわして、硝子を扱うようにそっと抱き寄せた。

「……私ね、背が低いの、ずっと嫌だった」

ぽつりと、懐からそんな声がした。

「でも今は背が低くてよかったって思うよ」

「どうして」

「成吾に抱きしめられたときに、顔を見られないで済むから」

「なにそれ」

「私今、すごい気持ち悪い顔してると思う。すごいニヤニヤしてる」

照れ隠しとはちょっと違ったらしい。

「あとね、背が低くなかったら、あの日成吾が声かけてくれなかったかもしれない」

「……うん。俺も百七十あってよかった」

そうだ。

初めて図書室で会ったとき。俺は彼女が届かない本を取ってあげようとして、声をかけたのだ。確か……身長差二十一センチ。そうか、ここでも二十一か。ロッカーも、そういえば二十一番だ。別に意味はないけれど。身長差はもう二十二になってしまったし。

「だからありがとね、成吾」

そうつぶやいて、背中に回した手にぎゅっと力を込める透子が愛《いと》おしくて、照れ隠しに脇《わき》の下をくすぐったらいつになく高い声で笑われた。

＊

眠ってしまった透子を起こさないようにして、俺はそっと部屋を出た。扉を閉めてからふと、Tシャツの胸元が濡《ぬ》れていることに気がついて、もう一度扉を開けそうになるのをぐっとこらえる。

彼女の涙を俺は見たことがない。

透子はたぶん、けっこう泣き虫だ。何度も泣きそうになるところを見ている。涙もろい方だとも思う。だけど人前では何かをこらえるみたいに、涙がこぼれるところを絶対に見せない。自分の弱い部分を見せまいとするそういうところは、病院に来ないでほしいと言ったのと同じ信念なのだろう。涙の跡がはっきり残るのをわかっていて、それでも誰かの胸で泣いたことは、きっと彼女にしては甘えた方だ。

廊下を抜けようとすると、縁側に揺り椅子《いす》に腰かけた人影が見えた。真っ白な髪の毛に、しわしわの腕、丸まった背中……相当な高齢だろうに、耳がいいのか、あるいは勘か、俺の気配に勘付いたように振り向いて、目を見張る。

綺麗なビー玉のような瞳だった。瞳だけが、その他の体のパーツと比しても異質なくらいに若々しく、そして透子によく似ていた。

「あら……どちらさまかしら」

ゆっくりとしたしゃべり方だったが、声ははっきりしていた。

「あ……と、お邪魔してます。透子さんの後輩で……」

しわくちゃの顔をさらにしわくちゃにして、老婦は微笑んだ。

「ああ、透子の。お若いわねえ。おいくつかしら」

「えっと、十六、です。今年十七になります」

誕生日はまだだいぶ先だ。

「そう。じゃあ、透子とは二つ違いね。一年生？」

「いえ、二年です。透子さんは、」

「ああ、そうだったわ。いけない。年寄りはすぐに忘れてしまって……ごめんなさいね。透子は十九だけど、普通の高校三年生は十八なのよね」

「ええ。そうです」

　俺は答えて、首をかしげた。

「あの、失礼ですが……」

「透子の祖母よ。夏澄、と呼んでちょうだい。ねえ、ちょっと時間あるかしら。少し話し相手になってくださらない？」

　夏澄さんは微笑んで、ちょいちょいと俺を手招きした。少し迷ったが俺は夏澄さんのそばまで歩いていき、揺り椅子の横の小さな椅子に腰かけた。夏澄さんは俺にはやや小さすぎるその椅子を、微笑ましげに指差した。

「その椅子、いつもは透子が座ってるのよ。あの子最近なんだか聞き上手になってね、一緒にいるとすぐペラペラ余計なことしゃべってしまって、気がつくとあっという間に時間が経ってしまうの」

「そうなんですか」

「意外そうな顔ね」

「俺の知っている彼女は、すごくおしゃべりです」

　むしろ俺の方が、聞いている時間はずっと長い。

「それはきっと、あなたには聞いてほしいことがたくさんあるのね。もともと女性はおしゃべりだから。私も、透子も。そうか、あなたにたくさん聞いてもらってるから、私と話すときは聞き上手になってくれるのかもしれないわね」

夏澄さんはまたふっと微笑んで、その顔はやっぱり透子に少し似ている気がする。夏の陽だまりの中で、彼女は不思議な金色の光に包まれて、そばにいる俺の心もとろりとした温かさに包まれる。

午後の風に吹かれて、縁側に吊《つ》り下げられた風鈴がせわしなく鳴った。庭の百日紅《さるすべり》にとまっているツクツクボウシ、家の前を通り過ぎていく軽トラ、遥か頭上のジェット機のエンジン音……空を見上げると飛行機雲が蒼天《そうてん》に真っ白な筋を引いていた。夏の庭には雑草が蔓延《はびこ》っている。青と、白、緑。夏の色だと思う。

雑草の上を跳ねていくバッタをぼんやり眺めていると、不意に夏澄さんがクスクス笑う声がした。

「本当に無口なのねえ」

「あっ、すいません」

「ううん、いいことよ。言葉には力がある。言霊《ことだま》って言ってね、口にした言葉は力を持つの。無口な人はたぶん、生まれつきそれを知っているのね。だから不必要に言葉を発しない」

「いや、たぶんそんなこと考えてないです……」

「正直者でもあるのね。透子が惹かれるわけだわ」

夏澄さんがいたずらっぽく笑った。どこかで見た笑顔だ。

「透子の心臓のことは、知っているのかしら」

「それは……ええ」

「そう。じゃあ、手術のことも？」

「さっき聞きました」

顔に不安そうな色が出てしまったかもしれない。

「あんまり深刻な顔をしないことよ。難しい手術じゃないという話だから」

夏澄さんが目ざとく言った。

「彼女もそう言っていました。だけど彼女は、怖いとも言っていました」

「そうね。あの子はこんなおばあちゃんの私よりもずっと、死に近いところを生きている。人間ってね、年を取ると死について考えるの。死について考えるほどに、死に近づいていく。それはとても、自然なことだけど」

夏澄さんの目は空の飛行機雲を見ているようにも見えたが、たぶんもっと遠くを見ていた。これだけ高齢になれば……きっと逝ってしまった知り合いの方が、遙かに多い。

「あの子は若いうちに死について考え過ぎてしまっている。それはとても悲しいことだわ。肉体の寿命に影響はなくても、心の寿命が縮んでしまう」

夏澄さんは俺の顔を見た。

「でも体の寿命と違って、心の寿命は伸ばすことができるのよ。すごく簡単な方法。わかるかしら？」

「……笑うこと？」

微笑む彼女の顔を見て、すっと口を突いて出た。

「そうね。笑うこと。それから、泣くこと。最近のあの子は、そのどちらもだいぶ自然になったわ」

そうだろうか。俺にはわからない。でも夏澄さんが言うのならそうなのだろうと思えた。

「体が弱い人間は、心を強く持たねばならないの。それに寄り添う人間もね。あなたも心を強く持って、なにがあっても心の寿命を縮めてはだめよ」

それから夏澄さんは少し眉尻を下げて苦笑いを浮かべた。

「ごめんなさいね、なんだか暗い話になってしまって。命の燃え滓《かす》で生きながらえているような人間の言葉だから、聞き流してちょうだい」

不思議な人だと思った。

＊

八月二十二日。透子の手術当日、俺は残り少ない補習のために学校に来ていた。ペースメーカーを握りしめていると、自分の鼓動とは別の何かが手の中で脈打っている感じがする。それは今、病院でペースメーカーを入れ替えている透子の鼓動なのかもしれない。透子の体に埋まっていたことを思うと、それはぐっと重みを増す。二十一グラムなんて、とても信じられない。まさしく無骨な金属の塊であるそれは、頑丈で、堅牢《けんろう》で、とても精密機械のようには見えない。壊れることを知らない、サイボーグの心臓のようだ。

脆《もろ》いのは、ペースメーカーじゃない。

脆いのは、透子だ。

わかりきっていたことに、気づかされた——違う、わかっていたつもりでわかっていなかったのだ、ということに気づかされたのか。俺は透子を気遣っていたんじゃない。ペースメーカーを気遣っていたのだ。機械が壊れてしまうことを恐れていた。なのに実際のペースメーカーはこんなにもしっかりした作りで、それに比べたら、抱きしめた透子の体の華奢なことと言ったら——いったい彼女の心臓は、どれほど小さく、どれほど軽いのだろう。人間の心臓は一般に二百から三百グラム程度だという。二十一グラムのペースメーカーよりも、ずっと大きく、ずっと重い。なのに透子のそれを想像するとき、俺はこのペースメーカーよりも小さな心臓をイメージしてしまう。

ペースメーカーを握る手に知らず知らずのうちに力がこもり、そんなものを握りしめて集中できるはずもなく、補習はまるっきり頭に入ってこなかった。普段からさして集中しているわけでもないが、今日は本当にダメだ。頭の中のノートに書き込むための、ペンのインクが切れている。なにを書いてもノートは真っ白のままで、いつまで経っても現実のノートも埋まらない。

今さらのように恐れ慄《おのの》いていた。

恋人が、心臓の病気だということに。

夏祭りの日に、彼女は自分がペースメーカー利用者だと告白した。俺はそのとき、傍目には全然わからないし普通だと思った。その後病気のことを聞かされて、ペースメーカーは思っていた以上に重要な機械なのだと思いなおした。でも——たぶん俺は、彼女がペースメーカー利用者であるということの意味を、真には理解していなかったのだ。理解していたならばきっと、本物のペースメーカーを手にしたくらいで、こんなにも心を揺さぶられることはなかった。

彼女がペースメーカーの交換手術を受けることを告げ、古いペースメーカーを俺に渡し、夏澄さんと話した今——実感としてじわじわと俺の心を蝕《むしば》んでくる。ペースメーカーではなく、それが守っている彼女の心臓こそが脆いのだ、と。

マクドゥーガル博士は、魂の重さが二十一グラムだと言った。でもたぶん、魂の重さは人によって違う。心臓の大きさが人によって違うように。透子の魂はきっと、普通の人よりもずっと重たい。俺はその重さに、今さらのように慄いている。

その日のうちに、手術が無事に終わったと透子自身から電話があった。風呂《ふろ》に入っている間に公衆電話から着信があったようで、留守電《るすでん》に入ったメッセージを聞くといつも通りの透子の声がしてほっとする。

公衆電話ということは、院内のロビーあたりからかけたのだろう。病院の受付にかければ繋いでもらえるかもしれないが、時間も遅いので返事は交換ノートに書くことにする。

携帯電話を机の上に放り出すと、ペースメーカーにぶつかってコツンと音を立てた。

咄嗟《とっさ》に携帯から離そうとして伸ばした手が、ペースメーカーにぶつかって、机の外にはじき出し床に落っことした。ごつ、と鈍い音がした。俺は震える手でペースメーカーを拾い上げる。既に電池のなくなったそれは、ただの金属塊でしかない。携帯電話を近づけようが、机から落とそうが、なんの意味もない。

だが確かに、それは臓器の一つと言っても過言ではないものだ。

叫び出しそうだった。

自分の左胸を、意味もなくかきむしった。

なぜ。なぜ。どうして。

どうして透子の心臓ばかり、そんな重荷を背負わされているのだ。もっと嫌なやつが、たくさんいるだろうに。もっと悪いやつが、たくさんいるだろうに。痛い目は、罰を受けるべき人間が、人間のクズが見ればいい。どうして透子みたいな——優しい人が、救われるべき人が、つらい目に遭っているのだ。どうして、どうして、どうしてっ！

バンッ、と壁を殴る。

うるさい、と隣室から姉貴の声がした。知らねえよ。うるさいくらいがなんだ。透子はもっとつらい手術を今日我慢したのだ。

＊

翌日、病院へ行った。優香理さんが、よかったら一緒に迎えにいこうと車に乗せてくれた。夏澄さんは留守番だそうで、病院にはすでに父親が行っているとのことだった。

父。そういえば俺は、透子の父親に会ったことがない。

モヤモヤした気持ちを抱えたままの俺はいつにもまして無口で、優香理さんが話しかけてくれていたのはわかっていたが、返事は上《うわ》の空《そら》だった。

車窓の外を夏の空が流れていく。

夏は終わりに近づいている。

飛行機雲が一筋、天空に薄く尾を引いている。

夏休みはもう、残り少ないのだと思うと、どことなく胸の奥が引き攣《つ》ったような感じがした。夏の青は、八月半ばを過ぎるほどに鮮やかに映える。けれど、コバルト・

ブルーの空も、ターコイズ・ブルーの海も、ホリゾン・ブルーのアイスクリームも――季節が終われば秋の群青《ぐんじょう》に吸い込まれるように、その鮮やかなブルーはどこか色褪せて、遠い場所へ行ってしまうのだ。互いに示し合わせた、けじめのように。

八月の終わりに切ない気持ちになるのは、同時に色々なものが終わるからなのだろうとふと思った。夏休みが終わる。甲子園《こうしえん》が終わる。蟬の鳴き声が途絶え、入道雲が消える。向日葵《ひまわり》が枯れる。子供は田舎から都会へ帰り、魂は現世から彼岸《ひがん》へ帰っていく。

何か区切りがつくということは、何かが終わるということだ。

だから八月の終わりは、きっと世界の終わりに似ている。

透子の病室は入院病棟の三階にあった。病室の前にスーツに眼鏡姿の強面《こわもて》の男性が立っていて、優香理さんが近づいていくと軽くうなずいてから俺に鋭い視線を寄越した。

「渡成吾くんよ。透子の彼氏」

直球な紹介のされ方をしてしまい、俺は名乗り損ねたが、父親の方は動じることなく静かに頭を下げた。

「ごめんなさいね、無口な人なの」

と、優香理さんは目を細める。父親の方は確かに無口らしく、肩をすくめるだけだった。あの紹介のされ方で、なにもコメントがないのは、それはそれで怖い。

「透子は？」

「入ろうとしたら、まだ待ってと言われてかれこれ三十分だ」

父親が呆れたようにぼやく。透子が片付けを苦にしているのは俺も知るところだ。一泊二日の入院で、なにを片付けることがあるのかという感じだが。

「透子。母さんが来た。いい加減入るぞ」

父親が返事を待たず扉を引き、中から何やら透子の反論があったが構わず入っていった。

真っ白な部屋だった。心電図モニターや点滴はすでに置かれていない。カーテンの開いた窓からは青い空が望める。清潔感を絵に描いたような、シンプルな空間だ。

「なんで成吾がいるの⁉」

悲鳴染みた声がしたと思ったら、透子が俺を指差して怖い顔をしていた。入院前とまったく変わらない姿で、俺はほっと安堵《あんど》する。もちろん、左肩の付け根あたりには、生々しい傷があるのだろうけれど。

「優香理さんが誘ってくれて」

ぐるり、と透子の首が回って優香理さんを睨みつけた。

「お母さん！」

「早く会いたいかと思って」

「病院で会うのは嫌だって言ったのに！」

「もう点滴も心電図も終わってるでしょ。元気な姿なら見られてもいいじゃない。ほら、早く片付けて出なさい。病院側の都合もあるんだから」

「病院なんだから静かにしなさい」

と、父親にも諫《いさ》められて結局透子はまた俺を睨む。

「来ないでって言ったのに」

「ごめん。待てなかった」

「昨日からお風呂だって入ってないのに」

ふて腐れてしまった透子の代わりに優香理さんがテキパキと荷物をまとめ、ほらほらほらと透子の背中を押して先に病室を出ていく。

後に続こうとした俺の肩を、ポンと引き止める手があった。大きな手——残っている人は、一人しかいない。

「成吾くん」

　低い声だった。怒っているように聞こえたのはさすがに気のせいだろうが、好意的にも聞こえない。恐る恐る振り向くと、透子の父親が無表情に佇《たたず》んでいた。

「ちょっとだけ、いいかい？」

　峰北町に戻ってきた頃には、お昼時になっていた。透子がラーメンを食べたいと言い出し、俺たちは高校の近くで降ろしてもらった。優香理さんは笑顔だったが父親の方は相変わらず無表情で、車が去るとようやく張りつめていた緊張が解けた。

　多仁とよく行くラーメン屋に入って、普通のラーメンを二つ注文する。

「透子、普通にご飯食べていいの？」

「全然だいじょぶ。むしろ病院でろくなもの食べられなかったからお腹空いちゃって」

　透子は呑気《のんき》に言う。

　ラーメンはすぐに出てきて、俺たちはいただきます、と手を合わせるとそそくさと割り箸《ばし》を割って麵を啜った。しばらく無言だった。そんなに食欲はなかったが、口にすると不思議とつるつる入っていった。考えてみれば昨日から、ろくに食べ物を口にした覚えがない。大盛りにすればよかったかなと少し後悔する。

「お父さんとなに話してたの？」

チャーシューを齧っていた俺は盛大にむせた。透子がこっちを見ていた。

「病室に二人で残ってたでしょ。なんか言われた？　車の中でも微妙な空気だったし」

「……透子の心臓のことで、ちょっとだけ」

ちょっと、というには濃い時間だった。

「なんて言われたの？」

透子の追及を逃れるように、俺は黙々とラーメンを啜る。

＊

「君は透子を、病人だと思うかい？」

開口一番の質問が、それだった。質問の意図が見えなかった。父親の目の前で、娘を病人だと断ずるか否か、回答によっては殴られるんじゃないかとさえ思った。

「はい」

やっとのことでそう答える。

「そうか」

父親の目は静かだった。答えを間違えただろうか、と戦々恐々としていると、コツコツと革靴の踵《かかと》を鳴らして窓の方へ歩いていく。

「彼女の扱いは、正確には障害者になるらしい。透子は一級障害者手帳というものを持っている。本人は絶対人に見られたくない、と、君やクラスメイトの前では絶対出さないらしいがね」

「障害者……」

確かに透子は、そういうのを嫌がっていた。普通の女の子として扱ってほしい。それは常々彼女が口にしていることだ。

「それでもあの子が体にペースメーカーを埋め込んでいることは紛れもない事実だ。本人がどんなに普通に振る舞おうとも、皮膚の下に埋められた機械の存在までないことにできるわけじゃない」

厳しい言葉に聞こえるが、それだけ現実的ということでもある。無口な人は、言葉の力を知っている、と夏澄さんは言っていた。夏澄さんは父方の祖母だと聞いているので、この人は夏澄さんの息子ということになる。あの言葉は、ひょっとするとこの人を指して言ったのかもしれないと思った。

「私もね。未《いま》だにあの子をどう扱っていいのか、わからない」

父親は窓の外を見ていた。わずかに開いた窓の隙間《すきま》から吹き込む夏の風が、カーテンをひらりひらりと揺らしている。どこかで遠く鳴っているサイレンや、車のクラクション、風の音を運んでくる。院内にはたくさんの人がいるはずなのにほとんど音がせず、ろくに人のいない屋外の音の方がよく聞こえるのはなんだか不思議だ。

「一人の普通の娘として接してやるべきなのか、それとも障害を持つ特別な子として守ってやるべきなのか。あの子は前者を望んでいるが、それがあの子のためになるのかどうか……。妻はなるべく好きにさせてやりたい、と思っているようでね。でも私は、できることならあの子には多少不自由であっても自らのハンディキャップを受け入れて、相応に生きてほしいと思っている。その方が、楽しくはないかもしれないが、楽ではあるはずだ。親として、苦労してほしくない」

無口な人、と聞いていたし、実際無表情な人だとも思った。だがこのとき、初めてこの人の目に、俺は戸惑いと躊躇《ためら》いを見たように思った。それは昨日からずっと、俺の胸の中にも燻《くすぶ》っている。

「君はどうなのかな、と思ってね」

父親の目がこちらを向いた。

「……俺は」

気がつくと喉がカラカラだった。咳払《せきばら》いして、唾液《だえき》で喉を湿《うるお》す。

「俺は正直、透子さんといるとき、彼女のペースメーカーのことばかり気にしていました。彼女の体調とか、気分よりも、ペースメーカーを気遣っていた。こないだそれに気がついて、愕然《がくぜん》としました。まるでサイボーグみたいな扱いをしていたんじゃないか、って」

父親は静かにうなずいた。

「間違ってはいないだろう。事実、あの子の体を生かしているのは人が作った機械の力だ」

俺はかぶりを振る。

「それでも、生きているのは透子さんです。ペースメーカーじゃないんです。俺はその勘違いに気づかされたとき、すごく怖くなりました。機械を守るのはそんなに難しいことじゃないんです。だけど透子さんを守るのは……守るということは……」

それはつまり、彼女の命を預かるということだ。

ペースメーカーが入っている限り、透子が心不全や徐脈による命の危険に脅《おびや》かされることは、ほぼない。そうそう事故が起きるような機械じゃないことも、わかっている。それでも、可能性は、常にある。そしてその確率はきっと、俺なんかよりはずっと高い。

「……俺には、自信がありません」

「私もないよ」

父親の返しは早かった。

「ないから、私はあの子を病人として、障害者として扱いたいと思うのかもしれない。父親としては情けない話なのかもしれないが……」

そんなことは、絶対にないと思った。娘の命が長らえることを祈る父親の気持ちを、否定できるものなんて、この世のどこにも存在はしない。

「君が来る前に、少し透子と話をした」

病室の扉越しにだがね、と父親は苦笑した。

「会ってからほんの数ヶ月の君に、どうして心臓のことを話したのかと訊いた」

俺はドキリとした。透子はいったい、なんと答えたのだろう。

「あの子は今まで、自ら心臓のハンディキャップを人に話したことはない。学校の先生が必要に応じて、彼女の事情をクラスに説明してきた。同時に詮索も禁じてきたし、仮にその禁を破って訊いてくる者があっても、透子は一切説明しなかったと聞いている」

父親が言葉を重ねるほどに、俺は身が縮こまる思いがする。

「それをどうして君には話したのか」

そのときの彼の表情を、どう形容したものか。

微笑んでいるようにも見えた。

どこか怒っているようにも見えた。

呆れているようにも見えたし、一方で納得しているようにも見えた。

「命を預けてもいいと思えたから、だそうだ」

と、父親は言った。

自分の頰を、何かが伝うのを感じた。

涙だと気がつくのに、少しかかった。

止まらなくなった。胸が雑巾みたいにぎゅっと絞られた気がした。嬉しかったわけでもない。感動したわけでもない。ただただ、涙が止まらなかった。

袖で拭っていると、目の前にハンカチを差し出された。綺麗に折りたたまれたハンカチは、沈丁花の柄だった。

「透子がどうしてそこまで信用したのか、会ってみてわかった気がするよ」

顔を上げて、目は父親似なのだな、と俺は気がついた。夏澄さんと同じ目。そして、透子と同じ目。ビー玉のような、澄んだ透明な瞳。

「これからも娘をよろしく頼む。そして願わくば、あの子が普通の女の子として過ごせるように、守ってやってほしい」

そう言って、自分の半分も生きていない高校生に頭を下げた父親の気持ちを、俺は一生察することはできないだろう。心臓に先天的に完全房室ブロックを抱えた娘を持つ可能性は、きっと天文学的数字だ。それでもわかりたいと思ったし、わからなくても少なくともその願いは、叶えてやりたいと強く思った。

＊

「成吾？」

催促するように声を尖らせた透子に、俺は静かに答えた。

「男と男の話だから、内緒」

「むう。なにそれ」

「大したことじゃないよ。よろしくお願いしますって、言われただけ」

「お父さんがよろしくって？」

「なに疑ってるのさ」

「……そういうこと、言わない人だと思ってた」

そうだろうか。俺からすると、あの人はむしろ、そういうことをしっかり言う人に見えた。

「えー、気になる。なに話したんだよう」

「まあ、いいじゃん。別に透子の恥ずかしい話聞いたとか、そういうんじゃないから」

「恥ずかしい話なんてないよ！」

「麺伸びるよ」

俺は自分のドンブリを空にして、ごちそうさまでしたと手を合わせた。

外は快晴が広がっている。抜けるようなその青を眺めていると、自分の心の中も、少しだけ雲が晴れた気がした。

現在5

八月三十一日、海へは絶対に行かないでください。

短く、けれど決定的に歴史を変えるその一言に、透子は素直な疑問を返してきた。

海へ行くことになっているんですか？

未来ではそうです。

どうして行ってはいけないんですか？　私、海は一度も行ったことがなくて、すごく行ってみたいんです。

知っている。八月中旬に君が行きたいと言い出すことも、俺は知っている。

八月の海には海月が出ます。海月に刺されて痛い思いをした、とノートに書かれていました。海なんて、大していいものではなかった、と。後悔しているようだったので、だったら行かない方がいいと思います。

もちろんそんなことは書かれていない。俺はこのノートの上で、いったい何度ウソを重ねるのだろう。

……わかりました。でも過去を変えてしまって、いいんでしょうか？　こちらはよくても、そちらに何か影響が出るのでは？　タイムパラドクスとか……。

ＳＦを齧っていた透子らしい心配だった。

大丈夫です。海に行かない程度で変わるような大きな出来事はありません。私が保証します。とにかく、海には絶対に行かないようにしてください。

海月程度で絶対行くな、というのは少し苦しかったかもしれないが、正しい――と言うのかも微妙な――未来を知っているのは俺の方だけである以上、ウソをついても向こうには絶対わからない。それは卑怯《ひきょう》ながらもありがたいアドバンテージだった。

わかりました。そうします。

そう透子の返事が来て、それが一月十五日、向こうでは八月四日の出来事だった。あれから二週間以上が経つ。しかし、ノートに書かれた八月三十一日の記述は未だ変わっていない。それはつまり、過去が変わっていないことを意味する。

二月二日。大学はすでに春休みだった。ノートの向こうは今頃八月二十二日のはずだ。夏休みも残り一週間と少しというこの日、透子のペースメーカーの交換手術がある。透子が俺を海に行こうと誘ったのは、確かその一週間ほど前だ。

そう、四年前、海へ行こうと言い出したのは透子だった。一度も行ったことがない、本物の潮騒が聞きたいと言って、手術が終わったら行こうと誘われた。手術が終わった後、抜糸を待って、二人で海へ出かけた。さして大きくもない、田舎の静かな砂浜ではしゃぐ彼女の後姿を、未だに覚えている。

もし透子が俺の言葉通り、海へ行くことを諦《あきら》めてくれたのなら、とっくに歴史は変わっているはずだ。つまり彼女は、俺にああ答えておきながら、きっとまた四年前の俺を海に誘ったのだ。

なんでだよ、透子。

俺はもどかしさに歯噛みしながら、あれきりなにも書き込まれないノートを睨んで神経質にシャーペンの芯を出し入れする。

そんなに行きたいのか。海なんて別に大したもんじゃない。生きられることに比べたら、海を知らないことがなんだっていうんだ——そう思ってしまうのは、きっと俺が海を知っていて、未来を知っているからだ。そんなことくらい、わかっている。透子は海を知らない。未来も知らない。なにより彼女にとって俺は見果てぬ未来の胡散《うさん》臭い山口さんで、彼女のそばにいるのは四年前の、彼女の恋人だった頃の俺だ。どっちを優先するかなんて、わかりきってる。何より理由が〝海月〟では、止められるわけがない。

いっそ過去の俺に言うか。透子を海へ連れていくな、と。今ならおそらく、ノートは過去の俺のところにある。

迷いは一瞬だった。俺は半ば脅迫染みた警告文を過去の俺に向かってガリガリと書き綴り始めた。だがこんなことをしたって——この交換ノートは確かに未来と過去を繋いでいる。でも、本当に繋がっているのはノートじゃないのかもしれないと俺は考えている。今の俺と、過去の透子が、ノートを介して繋がっているだけで――ノートに綴られた俺の言葉が聞こえて見《え》て《て》いるのは、透子だけなのかもしれない、と。ノートを使って未来と過去で話ができることは、暗黙のうちに透子と俺だけの秘密事のようになっていたが、俺は透子に内緒で過去の俺と話ができるか試したことがある。けれど結局、待てど暮らせど過去の俺から返事がくることはなかったのだ。

――そして今回も。向こうの日付が変わる頃になっても返事はこず、俺は透子にバレる前にその書き込みを乱暴に消した。過去の俺は気づかなかっただけかもしれないが、いずれにしろ二十三日以降、ノートはずっと透子のところにある。もう過去の自分は当てにできない。

もはや、透子に真実を告げるしかないのだろうか。海へ行くと君は死ぬ、だからやめろ、と？　そうでなくたって彼女は、死との距離が普通の人間よりも近い。あの子は死について考えすぎている、と夏澄さんが言っていた。あの若さで、それは悲しいことだ、と。

できれば俺だって、透子には自分の死の可能性なんて微塵《みじん》も考えてほしくない。それは四年前だって、今だって、変わらないことだ。

三日の夜に科の知り合いに飲み会に誘われ、気が紛れるかと思って参加した。基本授業以外では付き合いを持たない俺なので、顔を出すと少し驚かれる。顔色悪いよ、と言われ、ちょっと俺を知っているやつが「そいつそれがデフォルト」と笑いを取っている。

無口で付き合いは悪いが、人見知りというわけではないので、普通に話には入っていける。が、基本的には最初だけだ。授業のことやサークルの話、教授の悪口などで一通り盛り上がる頃には座もくだけてきて、だいたい気の合うやつ同士が固まり始めると、俺の周囲には人がいなくなる。

気を紛らすためにきたはずなのに、結局アルコールが回っても考えることは同じだった。気がつくと右のポケットに手を突っ込んで、左手でビールを呷っている。

「黄昏《たそがれ》てんなあ、渡ー」

声がしたかと思うと、誰かがどかっと右隣に座った。自分と同じくらいの背格好をした、人好きのしそうな顔の男子だった。誰だっけ、コイツ。

「あ、今誰だって思っただろ。ひでえ」

笑った顔がどことなく多仁に似ていて、少し親近感が湧《わ》いた。

「和久井《わくい》だよ、ワ・ク・イ。一年のときからちょくちょく話しかけてるじゃん」

「そうだっけ？」

「そうだよ。ほら、二人とも名前が遅いから いつも出席番号最後だったよなーって話してさ」

したかもしれない。が、和久井も酔っぱらっているようなのでお互い当てにならない記憶だ。

「渡ってさ、なんでそんないつも暗い顔してんの？　高校でなんかヤなことあったとか？」

「……別に」

「あー、あったんだ。なに？　なによー？　この際だから吐いちゃえよォ」

面倒くさい絡み方が絵に描いたような酔っぱらいだ。

「いじめ？」

「違う」

「退学？」

「違うよ」

「じゃあ、失恋だ」

「……違う」

「んんー？　失恋っぽいなあ。なに、フラれたの？」

「違うって言ってるだろ」

俺は手元の玉子焼きを執拗《しつよう》に箸で潰《つぶ》しながら答える。

「ムキになるところが怪しいなあ。ってか意外、カノジョいたんだ。渡ってそもそも友だちがいなそうだし」

「ああそう」

「なあ、なんでそういつもブスッとしてるんだよ。やっぱ失恋でしょ？　どんな彼女だったの。忘れられないほどいい女だった？」

こいつをどうにか黙らせたい——そう思う一心で、つい口が滑った。

「死んだんだよ」

和久井がぽかんとした。

その一瞬は小気味よかったが、すぐに自分が何を言ったのか気がついて頭から冷水を浴びせられたような気分になる。最低だ。透子の死は水戸黄門《みとこうもん》の印籠《いんろう》じゃない。

「……とにかく、ほっといてくんない？」

「なんで死んだの」

俺は目を丸くした。ここでさらに踏み込んでくるのか、コイツは。酒で理性までぶっ飛んでる馬鹿ならあしらうこともできる。だが和久井の目には理性の灯火《ともしび》があった。だったらデリカシーとか、最低限触れてはいけないことくらい、まだわかるだろう？

「あ、いや、事故とか殺人なのかなあって……ごめん、自殺とかだった？」

その一言で少し溜飲《りゅういん》が下がった。一応はデリケートな話題だと理解しているらしい。

「ただの病気だよ」

「心臓の？」

俺は目を見張った。

「なんでわかんの」

「あ、ごめん。適当」

俺はため息をもらす。結局のところ、ただの酔っぱらいなのだろうか。話していて疲れてくる。

「そう。心臓の病気だった」

「あー、じゃあうちのじいちゃんと一緒かなあ。ペースメーカー入れてるんだけど」

心臓が嫌な感じに軋む。和久井はペラペラとしゃべり続けている。

「なんて病気？」

「んー、よく知らない。でもペースメーカー入ってればほとんど普通と変わらないんしょ？　ありがたい話だよな」

右手に力がこもった。その程度の理解か。俺だって人のことを言えるほど詳しくはないし、和久井の祖父の病状がどれほどかにもよる。でもほとんど普通と変わらない、というのは外から見てわからないという程度の意味だ。本人にとっては、絶対にそんなことはない。少なくとも透子はペースメーカーが入っていることで、普通の少女ならおよそ悩まないようなことに、日々神経をすり減らしていた。

「――で、さっきからなーに右ポケ探ってんの？」

急に和久井に右腕を引っ張られた。それこそ完全に悪酔いの絡み方だったが力は思いのほか強く、右手を握りしめたままの俺の腕は、勢いよくポケットから引っ張り出され、座敷の床の上にそれが転がり出た。

ゴトン、と鈍い音がして、周囲の視線がこっちを向いた。二秒ほど、時間が止まったように誰も反応しなかった。最初に悲鳴を上げたのは、俺の後ろに座っていた名前も知らない女子だった。

「なに……なにそれ！」

座が静まり返った。それから、ざわざわと声が広がっていった。「なに？」「どうしたの」「飯田《いいだ》がなんか騒いでる」「おい、なんか転がってるぞ……」場の中心にあるのは、小さな機械だ。手のひらに載せられる程度の、せいぜい二十グラム強の小判型の物体。誰もがそれを円形に遠巻きにしているのは、おそらくその表面にこびりついた血痕《けっこん》のせいだろう。その血が誰のもので、どうして付着しているのか、俺だけが知っている。

右手でゆっくり拾い上げる。

「きもちワリ」

和久井がぼやいたのを確かに聞いた。

どうして多仁と似ているなんて思ったのだろう。きっと多仁は、そんなことは言わない。

「……取り消せよ」

気がつくと、左手で和久井の胸倉をつかんで唸っていた。酒の勢い？　違う。頭に上っているのはアルコールじゃなかった。血だった。

「は？　なんのことだよ」

和久井が乱暴に手を振り払った。爪《つめ》が引っ掛かって、腕の皮膚に鈍く痛みが尾を引いた。

「気持ち悪いって言っただろ。取り消せ」

「なんだよ、それ。なんの機械？」

「取り消せって言ってんだよ！」

　握りしめたままの右手が飛んだ。和久井がひっくり返って、ガシャンガシャンと食器の割れる音がして、悲鳴が反響した。店員が慌てたようにやってくる。羽交い絞めされそうになって、するりとかわす。

「……なんなんだよ、おまえ」

　和久井は頰を押さえて俺を見上げていた。右手がジンジン痺れていた。握りしめすぎたせいかもしれないいし、和久井を殴ったせいかもしれなかった。

　血の気と一緒に、すーっとアルコールも引いたような気がした。自分の顔が蒼白《そうはく》になっていく、血管を転がり落ちていく赤血球の感触までわかる感じがした。俺はそのまま右手をポケットに突っ込んで逃げるように和久井から目を逸らした。

「……ごめん。帰る」

　透子の初代ペースメーカーは、舌を嚙みそうな社名を掲げる医療メーカーの当時の最新型で、手術費用はその代金も入れて云《ウン》百万を下らなかったそうだ。実際は保険適用などで払った額はもっとずっと低かったらしいが、おそらくその額だって当時の俺にとっては——いや、今の俺にとっても十分大金だ。高いものだから、というわけではもちろんないが——ここ数年、俺はそのペースメーカーをまるで宝石か、あるいはガラス細工の精巧品のように、常に右のポケットに忍ばせて持ち歩いている。

気持ち悪い、と和久井は言った。それは、悪意のある言葉ではなく、単純な感想だったのだろう。冷静に考えれば、血のついた得体《えたい》のしれない機械を見て気持ち悪いと思うより、恋人の古いペースメーカーをポケットに入れている方が、よっぽど異常だ。

その異常な習慣は、四年前に端を発している。あの夏、俺は透子からペースメーカーを預かった。手術の間、代わりに持っていてほしいと頼まれて。彼女はそれを、そのまま俺にくれた。正確には、返してくれとは言われなかったのでそのまま持っていた。そして彼女は、その夏の終わりに——。

写真を消すよりも、思い出を忘れるよりも——透子のことを忘れたいのなら、絶対にまっさきに捨てなければいけなかったそれを、俺はどうしても捨てることができなかった。地元を出るときも鞄の底に忍ばせ、東京まで連れてきてしまった。俺の心臓は、ペースメーカーがなくてもきちんと動く。でも透子が死んでしまってから、どうにもそのペースメーカーがそばにないと、気持ちが落ちつかない。

いつしか俺は、それを常にズボンの右ポケットに入れておくようになった。おかげでいくつか妙なクセもついてしまった。たとえば、電車やバスでは気がつくといつも優先席の近くに立っている。携帯電話は、ペースメーカーから一番離れたポケットにしまっている（電源はほとんどOFFだ、どうせ連絡を取るような相手は少ない）。誰かにぶつかりそうになるとき、とっさにペースメーカーの入ったポケットを庇《かば》っている……贖罪《しょくざい》にすらならない愚行だと、自分でもわかっている。

俺は健常者だ。障害者を演じているつもりはない。俺は一級障害者手帳だって持っていない。むしろ透子だって、そんなふうには振る舞わなかった。ペースメーカーを過剰に気にするのは、あの頃だって、今だって、俺の方だ。それでも庇うように動いてしまうのはきっと、それがただの金属の塊ではないと、頭が認識しているからなのだろう。

それはたぶん、機能している。電池も入っていない。リードも繋がっていない。血がこびりついた故障品。けれどそれは確かに、俺の右のポケットで稼働している。

それが動かしているのはきっと、俺の心だ。

四年前からずっと、透子の初代ペースメーカーが、俺の心を動かしている。

家に帰ると、出かけるときに閉めたつもりだった窓が少し開け放しになっていて、カーテンが夜風に揺れていた。机の上に載った交換ノートのページがめくれたり、戻ったりしている。

右ポケットからペースメーカーを出して、机の上に置いた。それからノートを閉じようとして、新しいページに書き込みがあるのに気がつく。


八月二十三日。

山口さんへ。

海へ行くなというお話でしたが、後輩の子と行く約束をしました。どうしても行きたいです。でも、以前の山口さんの口調（と、言うのか、この場合わかりませんが）には切羽《せっぱ》詰《つ》まったものを感じました。海月、だけが理由ではないように思います。

私が海へ行くと、未来でなにかよくないことが起きますか？


ペン立てをひっくり返す勢いでシャーペンを手に取った。力強く書き殴るあまり、勢い余ってペースメーカーを弾き飛ばしてしまったが、気にも留めなかった。

彼女にどう思われようとも、過去を変えた結果未来がどうなろうとも、俺はどうしようもなく、透子を救いたい。

結局最初から、それが最も強い欲求なのだ。過去を変えることへの迷い。不安。罪悪感。それらをすべて押し潰してでも、俺は——いや、もはやタイムパラドクスなど知ったことじゃない。どんな矛盾《むじゅん》がこの世界に生まれようとも、彼女が今のこの世界に生きるのなら、俺は神の裁きだって甘んじて受けよう。

だから、書いた。

書いて、しまった。


二月三日。

葵さんへ。

はい。私はウソをつきました。海へ行くと、あなたが死にます。だから絶対、行かないで。そして、なにがあっても死なないでほしい。

どうか、お願いだから。


床に落ちたペースメーカーが、割れる音がした。

過去5

「持つよ」

と、俺が左手で持っていた荷物に手を伸ばすと、透子はさっと身を引いた。中身はレジャーシートくらいなので、さして重いわけでもないだろうが。

「いいよ、重くない」

その頑《かたく》なな表情は、俺が〝左手で重たい物を持ってはいけないペースメーカー利用者としての彼女〟を気遣ったからだと思ったのだろうが。

「そうじゃなくて。俺、男だから」

透子が首を傾げる。

「あんまり女の子に持たせたくないの。わかって」

「あ、はい」

きょとんとしたまま透子が差し出してきた荷物を、パラソルと一緒に抱えた。

「髪切ったね」

まだ透子がぽけっとしているので、そう声をかけると、透子がやっと我に返った。

「どう？」

と、犬みたいに頭を振る。いつもならその動きでふわりと弧を描くはずの長い髪の毛が、その日はぴょんぴょんと毛先が躍る。

「ずいぶん切ったね」

元々が長すぎたくらいなので、余計にそう思う。

「似合う？」

「うん」

そのショートカットも似合っていた。とても。

「水に入ったら邪魔になると思って。夏だしね」

透子が顔をほころばせると頭が揺れ、短くなった毛先がふわっと跳ねて、やっぱり石鹼のいいにおいがした。

八月三十一日。その日もやっぱり透子は、コンタクトを入れるのに苦戦したり、着替えを用意したりで、待ち合わせの時間に来なかった。家まで迎えにいっているうちに出発がずるずると遅くなり、電車に乗った頃には十時を回っていた。峰北町からガタンゴトン揺られて一時間ほど。「遠いね」と透子は言ったけれど、一時間で行けるなら近い方だ。ムーミンにも、海に行く話があったな、と思い出す。

峰北町を出たときはいい天気だったが、現地の予報は昼過ぎから曇り後雨だった。夕方には台風の予報もある。夏休み最終日なので今日しかチャンスはないが、どうせならいい天気の方がいい。もってくれよ、と太陽に念じるように祈る。

携帯で時間と経路を確認する。視線を感じて顔を上げると、透子が目を丸くしていた。

「なに？」

「前は、私の前だと携帯の電源切ってなかった？」

「神経質なくらいにね」

と俺は笑う。

「切った方がいい？」

「ううん。切らなくていいって、ずっと言ってたし。でもどうしたの？」

「なんでもないよ。ちょっと道が不安なだけ」

「そう？」

透子がまだ物問いたげだったので、俺は携帯を閉じて話題を外した。

「海、行ったことないって、やっぱり心臓のせい？」

「んー、そうだね。っていうか泳げないから」

透子は曖昧に笑う。

「プールがだめなの。なんかあると困るから。それで泳ぐ練習したこと自体がないのね。泳げないのに海行ってもしょうがないって、親が連れていってくれなかった」

「両親ともダメって？」

「ううん、どっちかっていうとお父さんが」

まあ、そうだろう。優香理さんは自由にさせてあげたいと思っている、という話だった。透子が少し顔を曇らせた。

「本当はね、今日も行ったらダメだって」

「えっ」

「でも、いいやっ」

と、透子は笑った。眉を曇らせた俺が口を開くよりも早く、

「だって来たかったんだもん」

と、にっこりする。

「それに、なにかあったら成吾が助けてくれるでしょ？」

そう言われると弱い。

初凪浜《はつなぎはま》は、両岸を断崖《だんがい》に囲まれた小さな入り江状の砂浜だった。砂は白く、海の水は透き通って、ターコイズ・ブルーにきらめいている。水平線に目を凝らせば、どこかの陸影や、船や、白い入道雲が、海面に浮かんで見える。沖の近くまでは泳いで出られるが、八月末の海というだけあって、ここでも海月が出るらしく、あまり泳いでいる人はいなかった。赤と白のパラソルの下に子供が二人。ブルーシートを広げているご老人が一人。テントがいくつか。海の中にも、チラホラと人がいる。

峰北町から近く、静かなところがよかった。透子は潮騒を聞きたがっていた。だったら、人の少ない、静かな浜がいい。どうせ彼女は泳げないし、俺だって海月に全身刺されてやるつもりはない。景観と静寂を優先した結果だった。

「海だ」

と、透子が当たり前の感想をつぶやいた。けれどその声には、当たり前のものを見たときには生じえない震えと、緊張があった。色々蘊蓄《うんちく》を仕込んできていた俺は口を開きかけていたが、透子の横顔を見てしゃべるのをやめた。耳をすませて、瞼を閉じて、ただ潮騒の囁《ささや》きが鼓膜を震わせるのに身を任せていた。

「波の音って、こんななんだ」

寄せては引く、そのたびにざざー、ざざー、と砂浜を擦る水の音。炭酸の泡立ちをその音色に喩えた彼女は、本物を聞いてどう思ったのだろう。磯臭《いそくさ》い潮風も、夏の雲間から差す残暑の気配も、八月の終わりの空気の中で、どことなく切ない。その中で、潮の音色に立ち尽くす彼女は言いようもなく綺麗だった。白い水着の上から羽織った灰色のパーカーが、左の肩の付け根あたりにあるペースメーカーを隠しているのだとしても——。

「なんか、こういう楽器があったよね」

唐突に、透子は言った。

「長い棒の中に、小石が入っててさ」

一瞬首をひねったが、すぐに思い至る。ウチの高校の音楽教師が毎年授業に持ってきて自慢しているという民族楽器コレクションの中に、そんなものがあった。

「パロデジュビア」

その名前はスペイン語だが、確かアフリカ発祥の楽器だ。枯れて乾燥した柱サボテンは内部が空洞になる。その空洞部分に突起をつけて、小石を入れて蓋をする。サボテンを傾けると、小石が転がり落ち、突起に当たって細かい音を立てて反響する仕組みだ。透子がよくやる偽ラムネの泡立てと、原理は同じなのかもしれない。

「英訳はレインスティックだっけ」

雨の棒という直訳は、その楽器の音色を端的に表している。

「雨かー。でもあれもどっちかっていうと、波の音だと思ったなあ」

「本物と比べてどう？」

「うーん……全部好き。でもやっぱり、本物は特別かも」

透子は笑って、もっと近くで聞こうと俺の腕を引っ張った。


一時間もしないうちに小雨になり、ビーチからはみるみる人が減っていった。近くに民宿があるらしいので、その宿泊客が多いのだろう。残っているのは風の子たる子供たちと、せっかく来たのだからと貧乏心でしがみついている俺たちだけになった。

ウチにあった古びたビーチパラソルと、葵家のレジャーシートとアウトドアグッズ。持ってきたのはそれくらいで、浮き輪も、ビーチボールも、クーラーボックスもない。海には最初だけ少し足をつけて、あとはぼんやり眺めているくらいだった。それでも透子の目はずっと海の青色を反射しているみたいに輝いていたので、来てよかったなと思う。

「雨、やまないねぇ」

透子が言った。

「風も、強くなってきたね」

雨よりも、そっちの方が気になる。さっきからときおり強い風が吹くたび、パラソルが不吉に揺れている。

「……帰る？」

「んー、まだ……」

透子の頭がこてん、と傾いて、俺の肩に乗った。最近の透子は、妙にスキンシップが多い。根が甘えん坊なのだということは、なんとなくわかってきた。

「……私ね、自分がこんなに誰かに甘えられると思わなかった」

自分でも思ったのか、透子がそんなふうにつぶやいた。

「我慢し過ぎた反動じゃない？」

「別に今までだって、そんなに我慢してなかったよ」

「そんなことないでしょ。自分がしたいようにできないってことは、我慢してるってことだと思う」

「だってそれは、しょうがないことだもの」

「しょうがないで済ましてきたのが、我慢だって話」

ウン、と小さな声がした気がする。

「……成吾、楽しい？」

少し不安げな声だと思った。

「え？」

「私といて、楽しい？」

「なんでそんなこと訊くの？」

「成吾は我慢してない？　私とじゃなかったら、もっと大きな海に行きたかったんじゃない？　そうしたら泳いだり、はしゃいだり、したんじゃない？」

透子らしい心配だと思った。

「しないよ。そんなキャラじゃない」

肩の上で透子の頭が震えて、笑ったのがわかった。

「楽しいよ。透子が一緒なら、どこに行ったって楽しい」

そう答えた。返事はなかったが、頭がうなずいたような気がした。風は相変わらず強いが、それで雲を少し押し出したのか、一瞬雨が上がって、雲間から日が差した。

八月末の空。終末を彷彿とさせる空。もし世界が、こんなふうに穏やかに終わるのなら、それもいいと思った。実際には明日からは二学期が始まって、俺は全然終わっていない夏休みの宿題に追われ、透子は受験生としてより忙しい日々を送るのだろうけれど。それでも今は、なんとなく明日から始まる九月のことなんて、考えたくない。

雨が上がったことに気がついたのか、同じようにパラソルの下で縮こまっていた子供が飛び出していった。オレンジ色の水着の女の子。砂浜で立ち止まって何かを拾っている。見ていた透子が微笑む気配がして、かと思うと彼女も勢いよく立ち上がる。

「よーし。私も行ってこよ」とパラソルから飛び出していくその後ろ姿は、とても十九歳には見えない。

「おうちここらへんなの？」

貝殻を拾っていたらしい子供に話しかけているのが聞こえた。

「そうだよー」

子供が少し離れたところで膝を抱えている俺の方を見て、遠慮なく指差した。

「お姉ちゃんのこいびとー？」

「そうなのー。恋人ー」

「ちゅーしたー？」

「したよー」

きゃー、と声をあげる女の子。最近の子供はませている。透子はクスクス笑っている。

一瞬差していた日がまた翳って、空を見上げるとねずみ色の雲が広がり始めていた。一雨来る前に飲み物でも買ってこようと思い、腰を上げた。

「透子――」

なに飲む？　と訊こうとしたが、女の子と楽しそうに話していたので邪魔をするのも悪いと思い、俺は貴重品だけ上着のポケットに入れるとそっとパラソルの陰から出た。

駐車場のところに自販機があることは知っていたが、歩くと思ったよりも距離があった。たどり着くまでにまたぽつぽつと雨が降り始めて、アスファルトの上に黒っぽく染みを作っていく。止まっている車はほとんどなくて、そろそろ俺たちも引き上げ時かなと思いながら自販機の前で立ち止まると、右上の方に偽ラムネがあって思わず微笑む。

二つ買ったところで、雨脚がまた強まった。自分たちは水着だから濡れたってどうということはないが、浜のパラソルが心配だ。パーカーのフードを被って浜に戻ろうと踵を返した瞬間、一際強い風が、ゴォッと吹いた。

空を見上げると、ねずみ色だった雲はいつしかどす黒く染まっていた。砂浜よりも少し高いところにある駐車場からは、初凪浜の沖合が見えた。波が高くうねっているように見える。浜からは青く見えた海が、ここからだと黒ずんでいる。浮き輪らしきものが一つ、ぷかぷか浮いている。

妙な胸騒ぎがした。帰途は自然と駆け足になった。

砂浜に戻る頃には土砂《どしゃ》降りになっていた。大粒の雨が、凪のように穏やかだった砂浜に万遍なく穴を穿《うが》っていく。俺は、透子の姿を探して辺りを見回す。パラソルはすでに吹き飛んでしまったらしく、四隅に杭《くい》を打ったレジャーシートだけが危なっかしくはためいている。

雨が強い。

視界が悪い。

言いようのない不安が、胸中で膨れ上がっていく。

目元をぬぐって、透子の名を呼ぼうとしたときだった。

何かが聞こえた。子供が、泣き叫ぶような声。

目をやると、さっき透子と話していた少女だった。

「どうした？　なにがあった？」

声をかけると俺を見て真っ赤に泣き腫《は》らした目を真ん丸に見開いた。それから、何事かを喚いたが雨と風がうるさくて聞き取れなかった。ただ、彼女が指差した方角だけはわかった。

波打ち際。押し寄せる波濤は激しさを増し、その波にもまれるようにして何か——マネキン人形のようなものが二つ転がっている。片方はオレンジ色の水着姿の、先ほどの少女に瓜《うり》二つの女の子。もう片方は短い髪の毛と、白い水着が海水に濡れて、それはまるで、

息が、止まった。

俺は、両手に持った缶を取り落とした。

現在6

二月十七日。

返事の来ない交換ノートを見つめて、俺は過去を変えられなかったことを悟る。千二百六十日前のノートの向こうで、透子が死んだ。俺が知っている歴史の通りに。

窓から差し込む日差しと鳥の鳴き声が、朝の訪れを告げている。一晩中眠れなかった。来るかもしれない――いや、来てくれと願っていた透子からの返事が、今日までに来なければ――あるいは、交換ノートの過去の九月一日以降の記述が新しく生まれるようなことがあれば、と。夜中に一度、クジラのような形をした雲間に、流れ星を見た。こんな時期に流れ星なんて！　思わず必死に願ってしまった。どうか透子を助けてくださいどうか透子を助けてくださいどうか透子を助けてください……。

だが、そんな奇跡は起こらない。あのときと同じように、俺は無力だ。結局今度も透子を救うことができず、みすみす彼女を死なせてしまったのか。救う方法は知っていたはずなのに。

――片方が書く限りは、必ずもう片方が返事を書くんだよ。

透子がそう言ったんじゃないか。だから君は、過去から俺に返事をくれたんじゃないのか。俺はどうしたらいい、と問うた俺に。そういえばその質問には、結局答えてもらってないなとぼんやり思う。

朝の陽ざしを受けて、机の上のひび割れたペースメーカーがキラキラと光っていた。こんなときなのに、それを美しいと思った。何年も、成長していく透子の体に埋もれていた機械。それを体の一部だと言った透子の言葉が、今さらに納得できた気がした。透子が死んでしまった今の方が、納得できる気がした。

死にたい。

不意にそんな感情が湧き起こって、我ながら驚いたが慄きはしなかった。二度も透子を失った今、いったいなにを恐れることがあるのだろう。

熱に浮かされたようにノートのページを遡る。八月二十三日。こちらでは二月三日。やりとりの途中で日付が変わって四日になる。ページはすでに白紙だ。向こうで透子が消したから。だけど俺は、そこで交わした短いやりとりを覚えている。


死ぬって、どういうことですか？

さすがに少し動揺したのか、珍しく透子の筆跡が乱れていた。

あなたは海で女の子を助けようとして溺《おぼ》れます。それが原因で心臓が止まります。

だから海へは行かないで。

返事がなかったのは、ショックだったからか。なんにしても、それ以降彼女からの書き込みは途絶えてしまった。

今浸っている奇妙な冷静さの中で思うと、警告したところでなんとなく透子は海へ行くような気がした。

彼女の立場だったらきっと、海に入らなければ大丈夫だ、と思う。なにより一度言い出したら頑固だ。透子は、海に憧れていた。海が似合う少女だった。必然なのかもしれない。渦潮のように、海は彼女を引き寄せる。

――お願いだから、
ずっと、ノート越しに、強く念じていた。

――死なないでくれ。

だが儚い祈りも虚《むな》しく、彼女は死んだ。おそらくは――俺にとっての四年前と、同じように。同じ場所で。同じ時間に。

「……どうして」

どうして？

わかりきっていることだ。

俺がいつも間違えるから。

透子は、俺のせいで死んだ。あのときも。そして今回も。

未来の渡成吾だと、伝えればよかった。どこぞ山口さんじゃなくて。俺が四年後の成吾だと、言えばよかった。信じてもらえたかはわからない。だけど山口さんの言葉よりはきっと、透子だって――。

そのまま惰性でノートをパラパラとめくっていく。書き込みのないノート後半のページは、真っ白な波のように流れていく。全身から、力が抜けるようだった。魂も抜け落ちたような気がした。もうこれで、俺と透子の繋がりは完全に切れてしまった。

死にたい。

再びそう思った、その瞬間だった。

パラパラ流れていく白いページの波の中に、一瞬鮮やかな水色が混じった気がして手を止める。一枚ずつ、ページを戻していく。三枚ほどめくったときだった。なにも書かれていない白いページの中ほどに、水色の付箋《ふせん》メモが現れた。少し斜めになった、えらく達筆な、けれど筆圧の弱い……ひどく見覚えのある字がそこにあった。

過去に繋がっているのはノートの紙面だけのはずだ。ということはこれは、ノートに開いた時間の穴を抜けて四年前からやってきた文章ではなく、最初からずっとここにあったメモということになる。だが、いったいなんのために……？

そこには、こう書かれていた。

××〇六年　八月三十日。

山口さんへ。

私の故郷、峰北町の駅前のバスプールに、コインロッカーがあります。その二十一番ロッカーに、手紙を残してきました。気が向いたら読んでください。

俺は息もできずに、穴が開くほどその文章を見つめた。透子の声が、頭の中でこだまする。

——片方が書く限りは、必ずもう片方が返事を書くんだよ。

過去6

透子の二度目の脳死判定がされたのは、九月六日午前九時十七分のことだった。それが彼女の死亡時刻とされた。

浜辺で倒れていた透子と女の子はどちらも心臓が止まっていた。透子の方は手術の傷痕から血が滲んでいて、見るからに危険な状態だったが——それでも少女の方から蘇生《そせい》を試みたのは、透子ならそうするだろうと思ったからだ。今となっては言い訳ですらない。呼吸の確認。気道確保と人工呼吸。あやふやな知識をネットで補い、心肺《しんぱい》蘇生を試みた。やがて民宿から人がきて、救急車を呼んでくれている間、二人は屋内に運び込まれ、AEDでの除細動が試みられた。AEDは一つしかなかったので少女の方に使用され、俺が透子に胸骨圧迫による心臓マッサージを施した。

少女の方は心肺蘇生が成功して、やがて救急車が来ると二人を乗せて病院へ向かった。俺も同伴した。車内でも、透子の心肺蘇生にはかなり時間がかかっていた。それは俺の体感だけでなく、医学的にもまずいくらいの時間がかかったことは、俺にもわかった。

ひたすら彼女の名前を呼んでいた記憶がある。

彼女の心電図モニターが常時ピ――――と鳴っていたのも覚えている。

心静止という状態だった。よく医療ドラマなんかではその状態で除細動――いわゆる電気ショックを与えるが、実際には心静止状態では除細動は適応にならないらしく（そもそも細動が起きていないので効果がない）、ＡＥＤを使っても電気ショックが行われることはない。そういう意味では少女の方にＡＥＤを使ったのは正解だったと言える。

最終的に心肺は蘇生した。

だが――病院へ入ってからも、彼女の意識は戻らなかった。心臓は動いていて、体も生きている。しかし人間の体は心停止状態が三分から五分続くと、仮に蘇生したとしても脳に障害が起きると言われている。人体でもっとも酸素を必要とする脳に、酸素がいかなくなるからだ。透子の場合は――蘇生までに三十分を要していた。

後に知った話では、ペースメーカーのリードが心臓から外れていたらしい。傷痕が開いてしまったこと、泳ぐときに左腕を激しく使ったことが原因とみられていた。リードが外れたらどうなるかは、以前透子がノートで教えてくれた。要するにそれは、ペースメーカーを入れていない状態に等しい。そして彼女の心臓は、ペースメーカーなしでは――。

裏を返せば、健常者なら彼女は助かっていた可能性が高かった。そもそもペースメーカー利用者でなければ、透子はきっと泳げた。彼女の命をずっと守っていたはずのペースメーカーを憎むのは筋違いもいいところだとわかっていて、それでも俺は透子の初代ペースメーカーに八つ当たりをせずにはいられなかった。

現代日本の法では、脳死という概念は、いまだに人の死として認められていない。いわゆる脳死――植物状態ではなく、脳全体の機能が完全に失われた（回復の見込みがない）と認められる状態は臨床的脳死と呼ばれるが、人としての死ではない。その段階からさらに踏み込み、脳死判定が行われるのは、生前の患者、そして家族のある意思が働いたときだけ――要するに、臓器移植の意思があるときだけだ。

透子がドナーカードを持っていることを俺は知らなかった。初めて見せてもらったそれには臓器提供の意思表明がされており、心臓以外のすべての臓器に綺麗に丸がしてあった。両親はそのことを知っていたそうだ。ゆえに彼女の意識が戻らないとわかったとき、彼らは半ば義務的に臓器移植の意思を訊ねた医師に対し、静かに是と答えた。誰よりも自らの臓器の不具合に苦しんだ透子と、その家族だからこそ、その言葉は重く、俺には口を挟む余地などあろうはずもなかった。

九月六日。すでに二学期が始まっていたが、俺は学校に一度も行っていなかった。多仁と須藤から連絡が何度も来ていて、逆に何も言わないのは姉貴だった。学校に行けとか、早く忘れろとか、そんなことをしても彼女は喜ばないとか――姉貴なら言いそうなことを一切言わなかった。正論ってやつは聞くまでもないから正論なのだと、俺はそのときに初めて知ったような気がする。

ただ、二度目の脳死判定が行われる日、姉貴は俺が病院へ行くと言うとついていくと言った。俺も姉貴も、本当は学校がある日だ。

「は？　なんで……？」

「一人で行ったら帰りに事故に遭いそうな顔してるから。アンタ」

姉貴はそれだけ言って、あとは有無を言わせずついてきた。

二回目の脳死判定に立ち会ったのは、俺と優香理さんと父親だけだった。夏澄さんは大事ではないが体調を崩し気味で、今日は家に一人でいるらしい。姉貴は病室に入ってこなかった。ただ、直前に優香理さんと父親には礼儀正しく挨拶をしていた。

脳死判定は静かに行われた。一度目の脳死判定には、俺は立ち会わなかった。立ち会えなかった、という方が正しい。この一週間――正確には透子が心停止してから、俺は一度も涙を流していなかった。泣けないのだ。信じられない。未だに。透子が、遠くへ行ってしまおうとしていることが。信じずにいれば、透子が帰ってくるような気がした。脳死判定に立ち会ってしまえば、その夢から覚めてしまう。

現実逃避だということはわかっている。だから今日は、立ち会うことを希望した。

一度目の脳死判定の後、六時間以上を空けて二度目の脳死判定が行われる。医師が二人、透子の瞳孔《どうこう》を見たり、脳波を見たり、人工呼吸器を外したりして何かを検査していた。されるがままの透子の姿は、俺の知っている彼女の姿そのままなのに、まったく別の何かになってしまったかのように、隔てられた存在に感じた。

「脳死と判定しました」

医者の声は、遠くから聞こえた。

気がつくと病室には優香理さんと、父親と、俺しかいなかった。優香理さんは透子の手を握りしめていて、父親は優しい手つきで髪を撫《な》でていた。俺は恐怖か、あるいは罪悪感からか、透子の体に近づけなかった。近づけなかったが、彼女の体がまだ温かいことは知っていた。なのに彼女は、死んだと認められてしまったのだ。俺は根が生えたように立ち尽くしていた。俺はまだ一度も、この人たちときちんと――きちんと、話していない。

　膝を折り、両手を床について、頭を下げた。

「優香理さん、お父さん」

　自分の声がこんなに震えているのを、初めて聞いた。

「本当に、申し訳ありませんでした」

　額が床にコツンとついた。

　自分は何をしているのだろう、という思いと。なにを言っているのだろう、という思いと。だけどこうせずにはいられない、という思いが。ごちゃまぜになった感情は罪悪感と片付けるには複雑過ぎ、悲哀と呼ぶのは被害者染みている。

　足音がして、自分の横を誰かがすり抜けた。病室の扉が静かに開き、閉じた。出ていったのが優香理さんだろうとは、想像がついた。また「この人」と、二人っきりだと思った。

「成吾くん、頭を上げなさい」

　父親が言った。

「妻のことは許してやってくれ。気が動転しているんだ」

　許す？　俺はそんな立場にいない。糾弾され、非難され、咎《とが》められるべき人間だ。

「自分が悪くないのに、土下座《どげざ》なんてするものではない」

　俺が頭を上げずにいると、そんな言葉がして、俺は床に額を擦りつけるようにして激しくかぶりを振った。

「いえ、いえ、いいえ！　俺が……俺がついていなかったからっ……」

「顔を上げなさい」

　少し怒気を孕《はら》んだように感じるその声が、顎を摑んで持ち上げたかのようだった。見上げた父親の目に怒りはなかった。普段は透子と同じ、澄んだ瞳。だけど今は、さすがにその色を濁らせている。

「透子の死に際して、君に責任は一切ない。だから、謝らないでくれ」

　はいそうですね、とうなずくことなどできるはずもなかった。だが、かぶりを振ることもできなかった。沈黙をイエスと取ったのか、父親は続けた。

「あの子は自らの意思で海に入り、溺れていた少女を助けたと聞いている。それは彼女の意思で、彼女の責任だ。泳ぎ方も知らないのに、荒れた海を他人の体を抱えて……結果的に少女の命が救われたことは奇跡だと医者は言っていたが、私はあの子の力だと……誇らしく思う」

　あの子、なんて。

透子はまだそこにいるのに。そこで眠っているのに。まるでこの場所には、もういないみたいな……。

「もしあの子が、自分の命惜しさに目の前の命を見捨てるような子だったら、君だってこんなにも、あの子のことを想ってはくれなかっただろう？」

なぜだろう。

こんなにも泣きたいのに、やっぱり涙が出てこなかった。足に力が入らなくて立ち上がることもできず、俺は膝立ちのまま茫然としゃべる。

「俺は、約束したんです」

しゃべり出すと、止まらなくなった。

「なにかあったら助けるって。でも俺は、」

――それに、なにかあったら成吾が助けてくれるでしょ？

なにかあったのに、助けられなかった。

そもそもなにかあってはいけなかった。

彼女はあの少女を救ったのに。俺は彼女を、救えなかった。

「俺は彼女に何も……っ」

唾が飛んで、父親のスーツの裾にベタベタとついた。

「君は最後まで透子を普通の女の子として扱ってくれた。きっと彼女も幸せだった」

それを聞いた瞬間、思わず叫んでいた。

「死んでしまって幸せなんてこと、あるもんか！」

あるわけがない！

死んでよかったなんて。そんなこと、絶対に。

顔を上げた先、父親の顔は優しい笑みすら浮かべていた。

なんだ、その顔。違うだろ。そういう顔をするときじゃ、ないだろ。

どうしてこの人はいつも、いつも、いつも、絶対にあるわけがないことばかり、口にするのだろう。どうしてそぐわない顔ばかり、するのだろう。

病人扱いしていればよかった。

サイボーグだと思っていればよかった。

そういうふうに俺が彼女を、最初みたいに神経質に、病的に、気遣っていれば、普通じゃない女の子だと思っていれば、絶対にあのとき、彼女を一人になんてしなかったしそもそも間違っても海になんて連れていかなかった。

俺は、ばかだ。

彼女の命を、俺が縮めてしまった。

彼女を普通の女の子として扱ってしまったばっかりに。

「あの子は幸せだったよ。君と会ってからの彼女は、よく笑うようになったと聞いている。私が久しぶりに家に帰っても、口を開けば君の話ばかりだった。そんなときの透子の笑顔は、本当に幸せそうだった」

父親の声は静かで、けれど確信に満ちていて、信じたくない、そんなこと信じたくないのに、確かに透子は幸せだったのだと思わされそうになる。

誰かの声に似ていると思ったら、夏澄さんだった。そうだ。この人たちは、親子だ。そして透子は、父親の母よりも早く死んだ——そんなの、やっぱり幸せだったはずがない。ないのに……。

どうしてこんなときに、俺は透子の笑顔ばかり、思い出してしまうのだろう。

「……もちろん、生きていてほしかった。そんなことは、」

嗚咽《おえつ》が聞こえた。

父親が眼鏡を外して、目元を覆っていた。

その涙は、俺がこの人の眼窩《がんか》から引きずり出したのだと思うと、もう正面切って向き合う力が出ず、俺は逃げるようにして病室を後にした。

よろよろ病室から出ると、姉貴が立っていた。姉貴はぼーっと立ち尽くした俺の腕をやおら引っ摑み、そのまま廊下を歩きだした。

綺麗に磨き上げられた白い廊下は、不気味なくらいに静寂が満ちている。姉貴に引きずられるようにフラフラ歩く俺と、姉貴の足音だけが、カツンカツンと響いている。

階段を降り、一階から受付の前を通り、自動ドアを抜けて外に出ると夏の日差しが降り注いできた。最後に絞り出された、夏の残滓《ざんし》のような日差しだった。

左に曲がり、病棟の日陰に沿うようにして歩いていく。姉貴には当てがあるらしい。

顔を上げて辺りを見回すが、どこへ向かっているのかはわからなかった。

やがて中庭に出た。芝生の植えられた憩いのスペースの手前には自販機が並んでいる。ベンチも並んで置いてある。姉貴は自販機の前で立ち止まり、ポケットから硬貨を取り出して投入口に押し込んだ。そこでようやく一言、

「なに飲むの？」

と訊いた。

ラインナップを見上げると、中段に強炭酸の偽ラムネがあった。俺の視線を追った姉貴がボタンを押す。

ガコンと音がする。姉貴が押し付けてきたジュース缶をぼんやり受け取る。

偽ラムネを片手にベンチに腰掛ける。姉貴が右隣に座った。左側は空いている。付き合うようになってから、透子はいつも、俺の左側に座っていた。

なんだか懐かしい感じがした。こんなふうに学校の図書室横の青いベンチで、並んで偽ラムネを飲んだのが、つい昨日のことのように思える。あれからまだ、半年と経っていないなんて、ウソのようだ。

何かに突き動かされるようにプルタブを起こすと、ぷしゅっと小気味よい音がした。それから、しゅわしゅわと浮き上がってくる強炭酸の泡沫。透子ならどうするかはわかっていた。俺は誰もいないはずの左側に少し体を傾けて、耳を澄ませた。持ち上げた缶の位置は、ちょうど彼女の耳の高さだ。

俺は缶を振る。

缶の中の海が、潮騒を奏でる。

しゅわしゅわしゅわと、浮き上がっては弾ける。

夏の終わりの空気に、その音はゆっくりと、透明に広がっていく。そして自分の魂もまた、その空気に溶けるようにして、薄れていくようだった。

——ありがとね、成吾。

透子の声を聞いた気がして、俺ははっと顔を上げた。

ベンチには俺と姉貴しか座っていない。周りには誰もいない。

でも確かに、石鹸のいいにおいがふわりと残っているような……。

手の中で、炭酸の最後のあぶくの一つが弾けて消えた。

その瞬間、確かに透子が逝ってしまったのだと実感が湧いて、ふいに右目から涙がこぼれた。どうしてか、右目からしか涙が出なかった。拭っても拭っても、右目からこぼれる涙が、とめどなく右頬を濡らしていった。

姉貴が何も言わずに、俺の頭をゆっくり抱き寄せた。生まれて初めて、姉貴の腕の中で、俺は嗚咽を漏らして泣いた。

未来1

電車の車窓から見える景色《けしき》は、峰北町に近づくにつれ、春に近づいていくかのように緑に色づいていく。まだ二月半ばだ。新芽なんて出ていない。けれど不思議と東京から遠ざかるにつれ、世界は鮮やかに色づいていくようだった。

誰にも何の連絡もしなかった。ほとんど着の身着のままだったし（それでもポケットにはペースメーカーをきちんと忍ばせて）、先のことはなにも考えていなかったから財布の中身も乏しかった。それでも峰北町にはギリギリたどり着いて、俺はおよそひと月ぶりに再び地元の地面を踏む。

ホームに降り立つと、まっすぐにロッカーを目指した。歩いていた足はやがて早歩きになり、そのうち駆け足になった。

どうして透子は、山口宛ての手紙をわざわざ峰北町に残したのだろう。ノート越しに言えばよかったのに。四年前の俺に見られる可能性を危惧《きぐ》した、ということは考えられたが、そうではない気がした。そもそも山口宛てのあのメモを見られてしまえば同じことだ。

二十一番ロッカーが見えてくる頃には、ほぼ全速力で走っていた。勢いそのまま飛びつくように二十一番ロッカーを開けようとして、しばし硬直する。心臓がドクドクと脈打っている。自分の体に心臓が入っていたことに今さら気づいたみたいに、左胸を押さえる。

ゆっくり深呼吸をしてから扉を開けると、見覚えのあるラムネ瓶が変わらずそこにあった。中には紙切れが入っている。見たまんまのボトルレター。

地面に座り込み、ロッカーに背を預け、震える手で瓶を手に取る。表面に薄くこびりついた埃を拭い取り、二月の太陽にかざして透かし見ると、中の紙の表面に薄く文字が浮かび上がった。

山口さんへ。

さっきまでうるさいくらいに脈打っていた心臓が、急に止まってしまったみたいに静かになる。俺は瓶をひっくり返して中の紙を引っ張り出す。中を開けてみると、一行目にも山口さんへ、と宛名《あてな》書きがあった。紛れもなく透子の筆跡。ラムネ瓶をひっくり返してみると、底の方に星形のヒビがあった。お祭りのあの日にできた、世界でたった一つの瓶である証《あかし》。四年後の俺の――山口宛ての手紙であることは、もう疑いようもなかった。

全部織り込み済みだったってことなのか……。

過去改変に伴うタイムパラドクスの生じない解釈。透子が教えてくれたものの中に、未来人の干渉が最初から歴史に織り込み済みという説があった。親殺しのパラドクスでいうと、歴史として、子供が過去へ戻り親を殺そうとしたが殺せなかった――という過程まで含めての現在である、という話だ。

このラムネ瓶は、俺がノートを使って過去に干渉する以前からここにあった。俺はそれを、赤の他人がボトルレターの入れ物に使っているだけの、自分とは無関係のものだと思った。だけどそうじゃない。これは最初から、俺宛ての手紙だった。未来の俺宛てに、この場所に置かれていた。と、いうことは……。

四年前――ノートの向こうではなく、俺が実際に経験した四年前、そのときすでに透子が未来人の山口さんと交換ノートを介して会話をしていたというのなら、あのとき彼女は自分の未来を知っていたことになる。

自分が死ぬことを知っていて、それでもなおあの少女を救おうと海へ飛び込んだことになる。

それはとても――とても透子らしいと、思ってしまった。ノートに書けば済むことを、わざわざラムネ瓶のボトルレターなんかを作って、遺《のこ》したことも含めて。

間違えたのではない。きっと俺が——あるいは俺たちが——なにをしたところで、透子はその未来を選び取っただろう。彼女はそういう人間だ。そういう人間だと、俺は知っていた。

綺麗に折りたたまれた三枚の便箋《びんせん》を、俺はゆっくりと読み始めた。

なんとなく、恋というのは過程の名前だと思っていた。誰かを好きになって、誰かにそれを伝えて、失恋するか、あるいは付き合うことになるまでが恋。その先を愛と決め打ってしまうには自分はまだ若すぎる気がするけれど、とにかくそういうものだと思っていた。

*

「お姉ちゃんのこいびとー?」

と、少女が訊いた。パラソルの下で膝を抱えた少年を指差している。こうして見ると、けっこう色白だ。

「そうなのー」

自慢の恋人だよと、胸の内で付け加える。

「ちゅーしたー?」

ませているなあ、と苦笑い。

「したよー」

答えると、きゃー、と少女が恥ずかしそうに笑った。私もきゃー、だ。ほんの数ヶ月前だったら、きっと苦笑いでスルーしそうな質問。

「どこが好きなの？」

「うーん。優しいところ？」

「えー、ありがちー」

ありがち、なんて言葉が出てくるのはさすがにませ過ぎている気がして失笑する。

「じゃあ、甘えさせてくれるところ、かな」

「お姉ちゃん、甘えん坊さんなの？」

「そう。甘えん坊さんなの」

とってもね、とまた密かに付け加えた。少女はえー、と笑う。その笑顔がとても愛らしくて、胸の奥にチクリとした痛みが走った。脳裏には交換ノートがよぎる。

――きっと、この子だ。

心の軋みを悟られないように、意識的に笑顔を作って、同じ目線にしゃがみ込んだ。

「お名前は？」

「ウミ！」

元気のいい返事。作り笑いが、素の笑顔になる。

「お姉ちゃんの名前は？」

「私は、トウコっていうの」

「こいびとの名前はー？」

まだ好奇心は尽きていなかったらしい。

「セイゴ」

「ふーん。ケッコンするの？」

さすがに吹き出してしまった。無邪気って怖い。

「どうかなー」

年齢的には、もう結婚できる年。贅沢《ぜいたく》に相手を選べない私にとって、彼は一生に一度会えるかどうかの人かもしれないと思うことはある。贅沢に選べばいいじゃないか、と言う人はいるかもしれない。でもペースメーカーが入っていることを知っていてなお、私を好きになってくれなんて、私は言えない。どんなに普通ぶってみても、絶対に普通になれないことは、心臓が知っている。

だから、成吾が言ってくれた言葉が嬉しかった。気を遣ってるんじゃなくて、そうしたいからそうするんだ、と。ペースメーカーに関して過剰に神経質になってくれたことも含めて、嬉しかった。普通の女の子として扱ってほしいと思いつつ、そうやって守ってくれることも、確かに。

「お姉ちゃん、なんかニヤニヤしてるよ」

「え？　あっ……」

いけない。最近はどうにもすぐに頬が緩んでしまう。存外私、惚れっぽい性格だったのかしら……。

不意にゴォッと強い風が吹いて、短く切った髪をバサバサと躍らせた。パラソルが飛びそうだと思って振り返ると、シートのところに成吾がいなかった。飲み物でも買いにいったのだろうか。急に心細くなって、左胸のあたりをぎゅっと押さえると、手術の痕がジンジンと疼く。

みるみるうちに雨脚が強くなり、強い雨粒がビシビシと体を痛いくらいに打つようになった。砂浜にぽつぽつと無数の穴を穿っていく様は、まるで天から降り注ぐ矢のようだった。渦巻く潮風は海水の味がした。海の上で、真っ黒な雲が初凪浜を呑み込むかのようにその裾を広げていくのが見えた。

——私、海に入ったら死んでしまうの。

以前、成吾にそう言ったことがある。あのときは半ば冗談だった。泳げないのは事実で、泳いではいけないのも事実だった。だけど死そのものまで、決まっていたわけではない――でも、今は。

「お姉ちゃん、ソラが……」

私は思わずウミの手をぎゅっと握りしめる。この暴風雨に、決してウミを連れていかせないように。

だけど私は、思い違いをしていた。

ウミの言う〝そら〟。それは、ねずみ色から、強い風に押し出されるようにしてどす黒く染まっていく頭上の〝空〟のことを言っているのだと思っていた。

「ソラーっ！」

ほとんど悲鳴だった。走って海へ飛び込んでいこうとするウミを、私は慌てて後ろから抱きかかえ、そして見た。

沖合で女の子が浮き輪をつけて必死に泳いでいた。目の前の子と、よく似ている。オレンジ色の水着がお揃《そろ》いだった。小雨の間も、ずっと泳いでいたのだろうか。気づかなかった。

「双子……」

ウミと、ソラ。

目の前にいる少女がウミ。高くうねり始めた波にさらわれていく、浮き輪をつけているのがソラ。

ウミじゃなかった。ソラの方だった。

腕の中で暴れる少女を、私は必死に引きとどめた。

「だめだよ、ウミちゃん！　あなたも溺れちゃう」

「でもソラが、ソラがっ」

言っている間にも、沖の少女の姿はどんどん小さくなっていく。

心臓が早鐘のように打ち、傷痕がヒリつくような感じがした。ペースメーカーが、故障してしまったかのようだ。

頭の隅を、交換ノートがよぎる。

私は知っている。

この後どうなるのかを、知っている。

自分がどうするのかを、知っている。

でもその未来を選んだとき、成吾がどんな思いをするのかも知っている……。

左胸を押さえる。強く嚙みしめた奥歯が、欠けるような感覚がした。吹きすさぶ風と雨に濡れた頰を、それでも確かに、何か熱いものが滴ったような気がした。

振り切るように頭をブンブンと振った。首を振り回すようにして周囲を見渡したが、声の届くところに人影はなかった。助けを、呼ばなければ。

「お母さんとお父さんどこ？　この近くだよね？」

「ソラーっ！」

「ウミちゃん！　お母さんとお父さんは⁉」

ウミは泣き出してしまった。その泣き声さえも搔《か》き消すような雨と風が、砂浜を蹂《じゅう》躙《りん》した。私は沖に目をやった。浮き輪だけが浮いている。あの子は……⁉

見えない。ここからではもう何も、わからない。

自分が行かなければ、あの子は死ぬ。

すっと、頭が冷えたような気がした。

私は、泳げない。だけどこんな状況で海に入れば、泳げようが泳げまいがあまり意味はないように思えた。

「……ウミちゃん、さっきのお兄ちゃん、わかる？」

声音が緊張を帯びたのに気づいたのか、ウミが泣き腫らした目で私を見た。

「こいびとさん？」

「そう。セイゴ。探して、呼んできて」

「お姉ちゃんは？」

「ソラちゃんを助けてみる」

ごめんね、成吾。

心の中で謝る。

ごめんなさい。

もう一度、今度は空を見上げて謝る。遠い未来へ、思いをはせるように。

それから上着を脱いだ私の左肩の付け根に、ウミは目ざとく気がついた。さすがに縫合の痕がまだ残っている。術後一週間の傷痕は、日常生活にはなんら支障はないが、まだ完全にくっついているわけではない。そうでなくとも、私の心臓は――。

「それ、なに？」

ウミの声にはっとした。

「これはね……」

私はふっと微笑んで、それを押さえた。

「お守り」

海に飛び込んだ。最初は浅瀬をばしゃばしゃと――すぐに腰まで水に浸かり、やがて足が水底を離れた。

海水が目に飛び込んで、思わず瞬きした瞬間にコンタクトが外れた。初めて飲んだ海水は、想像よりもずっと辛かった。水は思っていたよりも冷たい。荒れ狂う波は、沖の少女をどんどんさらっていくくせに、陸に近いところにいる私のことはどんどん押し戻そうとする。

泳いだことなんてない。あがくように手をまわした。クロール。確か、こう。右手と左手を交互に。水を前から後ろへ運ぶように、テンポよく。足をバタバタと動かしても、一向に前に進まない。体がどんどん沈みそうになるのを、必死に浮かせるので精いっぱいだ。

腕を動かせば、当然肩の付け根が回る。左胸部に埋め込まれたジェネレーターとそこから心臓へ向かって伸びるリードに、最も負担がかかる筋肉を動かしていることになる。医者に止められている運動だ。

……わかっている。自分の心臓のことは、自分が一番。

犬かきと呼ぶのもおこがましいような動きで、私は腕を振り回し前に進んだ。バシャバシャと水を跳ね散らしながらの一進一退、どっちが遭難寸前なんだかわからない。コンタクトが外れてしまったので前がよく見えなかった。頭もぼんやりしている。

必死に水をかく手が何かに当たった。目元をぬぐって目を凝らすと、小さな浮き輪だった。縋りつくようにして、ぐるぐると周囲を見渡した。

「ソラちゃん！」

名前を呼ぶ。その声を掻き消すように雨が水面を打つ。風が轟々《ごうごう》と吹いている。波濤が次々と頭の上から降り注ぎ、ざぶりざぶりと私を海の中へと沈めようとする。

「ソラーっ！」

口に海水が入った。口の中が辛い。もう右も左もわからない。どっちが陸なのかもわからない。喉がヒリヒリする。こんな状況なのに、偽ラムネが飲みたいと思った。強炭酸の泡で、塩辛い水をすべて洗い流してしまいたい。

そそり立つ波峰《はほう》の隙間に、チラリとオレンジ色が見えて、すぐに消えた。

「ソラ！」

私は海の下へ潜る。水中は不思議と静かだった。前はほとんど何も見えない。けれどウミと同じ色の水着が、黒っぽい海の中で、確かに道しるべのように映えて見えた。波に揉《も》まれるうち、彼女の体は再び海面へ上がっていき、私もその後を追って水面に顔を出した。

一瞬、雨が止《や》んだようだった。その場所だけ、たまたま頭上に雨雲がないかのように。

砂浜が見えた。離れている——いや、思ったほどじゃない。あそこまで泳げれば、二人とも助かるかもしれない。

必死に左腕を伸ばして少女を捕まえた瞬間、ピリッと左半身を痛みが走った気がした。傷痕が開いた感覚か、あるいは——私はかまわず浮き輪の浮力に身をゆだね、足をバタバタと動かした。体が重たく、瞼はさらに重たかった。呼吸が苦しい。視界がぼやけているのはコンタクトがないというだけだろうか。体が熱い。かと思うと寒い。空いている手でそっと左胸を押さえると、弱々しい脈動を感じた。

心臓の悲鳴を、聞いたような気がする。

＊

三年間、友人らしい友人はいなかった。でも別に、虐《いじ》められているわけじゃない。私の場合むしろ逆で、とても大事にされている。大事に、というのは、天地無用と書かれた段ボール箱をそっと運ぶのと同じ意味合いだ。割れ物注意でもいい。同じことだ。

葵透子がペースメーカー利用者だ、という事実は、毎年春クラスが変わるときに担任の先生の口からクラスメイトにのみ伝えられる。でも三年間も通っていれば、二度のクラス替えで同じクラスにならない生徒の割合は微々たるものだし、そうでなくても緘口令《かんこうれい》が敷かれているわけではないので、友だち伝手《づて》に噂が、山がその裾野を広げるように、じんわりと染みわたっていく。だから同学年の生徒は、ほとんどみんな知っている。

お昼を一緒に食べる相手も、放課後をともに過ごす相手も、望めばきっと手に入ることはわかっていた。でもそれは、私が望んだ瞬間に頼みではなく強制になってしまうことも知っていた。クラスのみんなは、とても優しい。ハンデを抱える私のことも、きちんとクラスメイトとして扱ってくれる。だけどそれは障害者であることが前提だ。その前提は、私たちの距離を、近づけるけれど、どうしようもなく遠ざけもする。私が一緒にご飯を食べるとき、彼らは一様に携帯電話の電源を切るだろう。

私はただ、普通でありたかった。普通の、ただの、なんの変哲もない女の子でありたかった。だから悪気のないクラスメイトたちの善意からも、自ら身を遠ざけるようにして孤独の中に身を置いた。一人でいる間は、孤独だったが障害者扱いもされずに済む。

初めて彼に会ったとき、私は眼鏡をかけていなかった。ぼんやり見えたのは背の高いシルエットで、しっかりした感じの男子の声がしたので、同学年かと思ったら後輩だった。慌てた様子の彼が可笑しくて、ついもう少しからかってみたいと思ってしまった。一緒に飲んだ偽ラムネは、普段よりも少し胸の中で弾ける感じがした。

二度目に会ったときは、きちんと眼鏡をかけていたので顔が見えた。だから私にとってはそれが初対面だ。表情の変化に乏しい後輩だったが、目は素直で口ほどに物を言った。声から想像していた通りの顔で、ときおりふっと浮かべる笑みが、弟がいたらこんな感じなのかなと思わされた。

彼には私にまつわる前提がない。だから彼の見せる気遣いはあくまで女子の先輩に対するそれで、私にはそれが心地よかった。アドレスを訊かれて、とっさに交換ノートを提案したのは、今思えば私ももっと、彼と話してみたいと思っていたからなのかもしれない。

交換ノート越しの彼は、普段よりよくしゃべる感じがする。

メールに慣れている感じだったけれど、私に合わせてくれたのか文体は固めで、丁寧だった。あるいは普段もそういう感じなのかもしれない。

彼との言葉のやり取りは楽しい一方で、私は彼のことを、一度も名前では呼べなかった。仲良くなりたいと思うくせ、仲良くなればきっと話さなければならなくなる自分の心臓のことを思うと、これ以上距離を縮められないと思ってしまう。せっかく彼の前では普通でいられるのに、仲を深めるほどに、それが難しくなりそうで。

結局その一歩を踏み越えてきたのは、彼の方だった。

夏祭りの日、私は彼の名前を初めて呼んだ。

彼を好きになったのは、好きと言われてからの気もするし、もっと前から好きだったような気もする。私の恋は、知らぬ間に始まって、あっという間に火がついた。恋は過程じゃないと、そのときに知った。どこから始まっても、誰かを好きになったらそれが恋なんだ。過程じゃない。それは、心の状態を示す言葉だ。そしてその深さに限らず、誰かを想う気持ちは紛れもなく愛だと思う。

＊

波に揺られている。

沖へ流されているのか、浜へ運ばれているのかは定かでない。

左手で何かを握りしめている。手？　力を込めると、向こうも握り返してきたので少し安心する。

波が自分の上を乗り越えたり、下から持ち上げたり、気ままに弄んでいる。頭から波濤を被るたびに、一瞬顔が海中に沈んで、たくさんのあぶくがぽこぽこと水面を覆い尽くすのが見える。

炭酸水みたいだ、と思った。

海のサイダー。

深い青色に、真っ白な波濤を立てる。

たくさんのシュワシュワが集まって、ざざー、ざざーと、涼しげに笑っているように聞こえた。大きなラムネ瓶の中にいる気分で、私はその音色を子守唄《うた》に、そっと目を閉じる。自分の鼓動が聞こえる。ドクン…………ドクン…………とてもゆっくりと、それはまるでクジラのように。

夢を見た。

空のラムネ瓶に詰めた手紙を、海へ流す夢。

シュワシュワと泡立つ炭酸水の海を、瓶の封筒はたゆたっていく。三日月模様のイルカや、虹色《にじいろ》の海月を追い越して。熱帯魚の町や、巨大貝のトンネルを抜けて。どこまでも、どこまでも。海底の樹海や、潮の代わりに流れ星を吹くクジラがその瓶を呑み込んで、海流という名の時の流れをどんどんどん下流へ下流へと泳いでいく。いつしか私はそのクジラと一体になっている。やがて未来の海にたどり着くと、私は流れ星とともにラムネ瓶を夜空に打ち上げる。星たちは空へ昇り、瓶は再び海に落ち、静かな波に乗って、一人の青年の足元に打ち寄せられる。

少しペタッとした、癖のある髪の毛。どこか眠そうな、青白いポーカーフェイス。丁寧に、繊細に瓶に触れる、その細い指先。

私は彼を知っている。

とてもよく、知っている。

君の名前は、私にとってこの世界でもっとも美しい言葉だ。

未来2

山口さんへ。

あなたがこの手紙を読んでいるということは、私は死んでしまったのでしょう。せっかく教えてくれたのに、こんなことになってしまってごめんなさい。

だけど海にはどうしても行きたいのです。ずっと昔から、憧れていた場所でした。一人で行くのはやっぱり怖くて、だけど親は連れていってくれなくて、だからこれを逃がしたら、次のチャンスはいつになるか……。それに、今年の夏は私にとってはとても特別な夏なのです。成吾と、どうしても一緒に行きたいのです。

だから、行ってきます。帰ってこれなくて、ごめんなさい。

山口さんが私のことを心配してくれるのは嬉しかったです。相談にも乗ってくれて、本当に感謝しています。最後だから少し長くなりますが、独り言にお付き合いください。


便箋が二枚目に続いている。俺は一枚目をめくり、次の便箋に目を通した。

山口さん。

そこで唐突に、透子の字が少しためらいを帯びたように見えた。

……いえ。

未来の成吾、なんでしょう？

俺は息を呑んだ。

わかっていたよ。成吾だってことは。ずっと。

だって、字がそっくりだもの。少し愛想がなくて、でも優しくて、無口なところは四年後も相変わらずのようで、ほっとしました。

四年後の未来に私がいないと知ったとき、とても戸惑いました。四年後の君が、時間を超えてまで私の死を止めようとしてくれていることを知ったとき、生きてあげたいと思いました。他の何を犠牲にしても、四年後の君に会いにいきたいと。

だけど、やっぱり無理だったみたい。こうして手紙を読まれてしまったのだから、私は君に会うことより、女の子の命を助けることを選んだのでしょう。本当に、ごめんなさい。だけどきっと、君が同じ立場でもそうしただろうと……まだその未来がきていない今でも確信できます。君はそういう人だもの。だから好きになったんだもの。

ねえ、成吾、

手紙は三枚目に続いている。

私は、幸せだったよ。

とても幸せでした。渡成吾という人に会えて、本当によかった。私の心臓はずっとペースメーカーが動かしていたけれど、心は鼓動が止まっていたのです。私なんか、と初めて思ってしまったその日から、ずっと。それを、君が動かしてくれました。「私なんか」なんて言うな、と。はっきりそう言ってくれたあの日、君はまだ私の心臓のことをよくわかっていなかったのかもしれないけれど、とても嬉しかった。あの瞬間から、君は私の心のペースメーカーでした。君と出会ったこの夏は、なにもかもが輝いて見えました。

君のことだから、きっと四年後も私のことを大事に思ってくれているんでしょう。だからわざわざ、手紙を探しにきたりしたんでしょう。

忘れてください、なんて言わないよ。でも、ずっと覚えていなくてもいいの。たまに記憶のアルバムから取り出して、そして「そんなこともあったな」と笑ってくれるような、そんな思い出に私はなりたいです。

だから、顔を上げて。

下ばかり、向いていないで。

君の人生は、これからも続いていくのだから。

無口な君が、たまに笑いながら、誰かに優しくしながら、まっすぐに生きていく姿を、私に見せてください。

本当にありがとう。大好きです。

葵透子

最後の一行の上に、ぽつぽつと染みができた。

滲んだ視界で天を仰ぐと、春の空が見えた。まだ二月半ばだ。だけどきっと、もうすぐそこまで、春が来ていると思える色だった。

結局最後の最後まで、俺は彼女の手玉だったのかもしれない。奔放《ほんぽう》に、わがままに、自由に生きた彼女の、そのダンスの相手をさせられていただけなのかもしれない。

今そのダンスが終わって、彼女が手を離したのが、わかった。

あのとき右目からしか出なかった涙が、今度は両目から零れ落ちた。

――俺はどうしたらいい、透子。

一番最初にそう訊ねた俺への、きっとこれが透子の返事だ。

君はいつもそうやって。

自分だってつらいのに周りのことばかり考えて。

最後まで、死んでしまってまで、こんな。

「……俺だよ」

俺の心も、四年前からずっと鼓動が止まっていた。時を止めてしまっていた。

でも今。

確かに、ドクンと。

心臓が強く脈打つように。

心が動き出したのを感じた。

「俺の方なんだよ」

君が動かしてくれた。尽きかけていた心の寿命を、救ってくれた。

右ポケットの中のペースメーカー。それはやはり壊れたペースメーカーで、動いてなんていなくて、俺の心を動かしてなんかいなかった。俺の心はずっと止まったまま、時間が止まったまま、壊れたラジオみたいに感情のノイズを吐き出しながら、少しずつ、少しずつ、死に向かっていこうとしていた。薄暗い自分という檻《おり》の中、抱え込んだハートにぶすぶすとナイフを突き立てて、いつか壊れてしまえばいいと思いながら、それでも反対の手に握りしめたペースメーカーの冷たい感触が、いつもギリギリのところで俺を正気に戻させた。

四年の歳月を経て動き出した心は、キリキリと軋んでいる。油を差されていなかったブリキの人形が、錆びついた関節をギシギシと動かすように。あるいは——アルミ缶に封じられていた炭酸が、プルタブを起こした瞬間爆発的に噴き出すように。感情の奔流《ほんりゅう》が胸の内に濁流を引き起こし、ラムネのように泡立った波濤が全身にそれを行き渡らせる。長らく使われていなかったパイプの中を激流で洗い流すみたいに、感情のパイプというパイプを洗い流していく。洗い立ての心から、洗い立てのパイプを伝って送り出された感情は、クジラが潮を吹くみたいに俺の体を上へ上へとあがっていき、目の下あたりにたくさん溜まって、ぐるぐるっとなって、やがて破裂する。

ありがとう、なんて。

こっちのセリフだ。でも俺がありがとうと言ったら、きっと君は照れて顔を隠してしまうんだろうな。

くしゃくしゃになった顔で笑ってみる。

上手く笑えているだろうか。

君は見てくれているだろうか。

君も笑っているだろうか。

それとも、泣いているだろうか。

涙も笑顔も、君がくれた。泣いて、笑って、萎《しお》れた心は潤い——脈を刻むほどに、少しずつ鼓動を強める。二十一グラムの魂を震わせ、初凪の静かな波のように、寄せては返すほどに少しずつ力強さを増す。あの夏の残滓が、閉じた瞼の裏、鼻腔《びこう》の奥、鼓膜を震わせ、肌を刺し、舌の上を跳ねていく。

コバルト・ブルーの空。

ターコイズ・ブルーの海。

ホリゾン・ブルーのアイスクリーム。

夏の、青。

目を開けると、まだ春すら遠い冬の空は薄く水色で、でもその先で確かに、力強く俺を呼ぶ声がする。

何か区切りがつくということは、何かが終わるということだ。

それはたぶん正しい。これからも、この先も、ずっと。

でも、今年だけは。

今年の、八月の終わりだけは。


――それはきっと、世界の始まりに似ている。

あとがき

夏は、いつまで夏なのかとよく考えます。五月くらいから少しずつ暑くなっていって、梅雨を挟み、七月、八月にピークを迎え——九月の残暑の雰囲気もそれはそれで好きですが、そのあたりはもう夏と呼ぶには少しさみしい感じもします。日本には「晩夏」なんていう素敵な言葉もあるので、それを含めてしまえば存外長い季節かもしれませんが、それでも夏が八月末に一度「終わっている」ような、そんな気がしてしまうのは、やはり夏休みのせいでしょうか。あのキラキラとした四十日間から縁遠くなってしまった今でも——冬が終わっても、春が過ぎても、秋が去っても、八月末ほど虚《むな》しい気持ちにはならないのはなんだか不思議です。季節が移ろうように、静かに世界が終わる日が近づいてくるのなら、それはきっと八月三十一日の淵から九月の魁《さきがけ》を眺める小学生のような、あの頃の心持ちなのではないかと——ふとそんなことを思ったのが、本作の長ったらしいタイトルのきっかけだったりします。内容としては、人が人を好きになる話であり、大切な人を喪《うしな》う話であり、それでもなお思い続けている男の子の話です。

　これが十回目のあとがきになりました。自分としては、十冊も書いたのか、という思いと、まだ十冊しか書いてないのか、という思いが半々――しかし十冊となると、そうそう全部読んでくださっている方はいらっしゃらないでしょうから、この先は本当に読者の方と一期一会《いちごいちえ》になっていくのかなと思います。また十一度目のあとがきでお会いできれば幸いです。

二〇一六年　師走《しわす》　天沢夏月《あまさわなつき》

天沢夏月

著作リスト

サマー・ランサー（メディアワークス文庫）
吹き溜まりのノイジーボーイズ（同）
なぎなた男子!!（同）
思春期テレパス（同）
そして、君のいない九月がくる（同）
拝啓、十年後の君へ。（同）
DOUBLES!! —ダブルス—（同）
DOUBLES!! —ダブルス— 2nd Set（同）
DOUBLES!! —ダブルス— 3rd Set（同）
八月の終わりは、きっと世界の終わりに似ている。（同）

本書は書き下ろしです。

◇◇メディアワークス文庫

八月《はちがつ》の終《お》わりは、きっと世界《せかい》の終《お》わりに似《に》ている。

天沢夏月《あまさわなつき》

2017年1月25日　初版発行
2024年10月30日　18版発行

発行者　山下直久
発行　株式会社KADOKAWA
〒102-8177　東京都千代田区富士見2-13-3
0570-002-301（ナビダイヤル）
装丁者　渡辺宏一（有限会社ニイナナニイゴオ）
印刷　株式会社KADOKAWA
製本　株式会社KADOKAWA

●お問い合わせ
https://www.kadokawa.co.jp/（「お問い合わせ」へお進みください）
※内容によっては、お答えできない場合があります。
※サポートは日本国内のみとさせていただきます。
※Japanese text only

※定価はカバーに表示してあります。

Printed in Japan
ISBN978-4-04-892677-5 C0193

メディアワークス文庫　https://mwbunko.com/

本書に対するご意見、ご感想をお寄せください。

あて先
〒102-8177　東京都千代田区富士見2-13-3
メディアワークス文庫編集部
「天沢夏月先生」係